果然我的
青春
搞錯

U0028866

My youth romantic comedy is wrong as I expected.

渡航【Wataru WATARI】
繪者／ponkan⑧

日本小學館正式授權繁體中文版

果然我的青春戀愛喜劇搞錯了

My youth romantic comedy is wrong as I expected.

登場人物【character】

比企谷八幡……本書主角。高中二年級，個性相當彆扭。

雪之下雪乃……侍奉社社長，完美主義者。

由比濱結衣……八幡的同班同學，總是看人臉色過日子。

材木座義輝……御宅族，夢想成為輕小說作家。

戶塚彩加……隸屬網球社，非常可愛的男孩子。

川崎沙希……八幡的同班同學，有點像不良少女。

葉山隼人……八幡的同班同學，非常受歡迎，隸屬足球社。

戶部翔……八幡的同班同學，負責讓葉山團體不會無聊。

三浦優美子……八幡的同班同學，地位居於女生中的頂點。

海老名姬菜……八幡的同班同學，隸屬三浦集團。是個腐女。

平塚靜……國文老師，亦身為導師。

雪之下陽乃……雪乃的姐姐，大學生。

比企谷小町……八幡的妹妹，國中三年級。

畢業旅行行前研究報告

2年F班

總武高中 比企谷八幡

研究主題：八坂神社與御靈信仰

八坂神社祭祀的神明是牛頭天王。牛頭天王本來是帶來疾病與災禍的瘟神，受到眾人嫌惡，在這座神社卻被當成神明供奉。這種做法的背後原因，出自「御靈信仰」。簡單說來，御靈信仰是把帶來災害的瘟神視為「御靈」祭祀，加以鎮靈，使其不要作祟。這是藉由供奉、崇拜、安撫神明以防範災害的心理。人們會因為厭惡、恐懼的心態，而產生迫害、仇視的行為。然而，風水輪流轉，受到這般待遇的神明，終會有被大家供奉祭拜的一日。過去被眾人視為怨靈憎惡，如今成為神明的例子，在這個國家並不罕見。眾所周知的天神菅原道真，也曾經是人見人怕的怨靈，後來由於人們對祂太過恐懼，最後被當成神明供奉。

這個道理告訴我們，越被討厭的人，越是接近神明的存在。反過來說，這不正是他們在這世間比其他人優秀的最佳證明嗎？

我懂了，我果然是神啊……

1

即使如此，比企谷八幡仍舊安穩地度過校園生活

其實，女生把身體包得緊緊的，比沒穿什麼布料來得可愛——讓人湧現這種想法的季節再度來到。

校慶告一段落，運動會也順利落幕，再過不到兩個月，我們便要送走這一年。氣溫大幅驟降，吹過的風不再是涼爽，已經要用「寒冷」形容。我們這所學校位於臨海地區，這種感受更是深刻。

不僅如此，我身邊冷清的程度還更上一層樓。

我位於教室中央的座位有如颱風眼，四周完全淨空，有如無人地帶，同學都不肯靠近一步。

或許是出於日本人的習性，大家總是喜歡窩在邊角地帶，搭電車時也都會挑靠邊或角落的位子。

如果推出「邊邊」和「角角」的擬人角色，說不定會大受歡迎。

總而言之，我坐在教室中央，附近一個人也沒有。

我的附近一向不會有什麼人，此刻的不同之處，在於旁人看過來的視線。

他們並非不認得我，而是刻意用視線告訴我「本人根本不想理你這個傢伙」。那些人僅微微瞥過來一瞬間，並且忍住不笑出來。

我轉過頭，要找出是誰在看這裡，結果正好跟對方對上視線。

碰到這種情況，我從來不會主動別開視線。

所以，十之八九是對方別開視線。

不瞞各位，過去確實是如此。

可是，當對方居於優勢時不在此限。那個人不但沒有轉向其他地方，跟我對看整整兩秒鐘後，還跟周圍的同伴發出咯咯的笑聲，交換一段饒富智慧的對話，並且穿插幾句「他好像在看這裡耶（笑）」、「在做什麼啊（笑）」、「真不舒服（笑）」之類的俏皮話。

我覺得自己有點像展示區裡的貓熊——不對，用貓熊比喻未免太自抬身價，說是六角恐龍或海猴寶寶還差不多。討厭啦~人家有那麼受歡迎嗎？還是既噁心又可愛？

——要是不這麼安慰自己，我的心真的會有些受傷。

真要說的話，我的心的確缺了一角，甚至晚上還躲在被窩流幾滴眼淚。若以超人硬度（註1）論，我敢說自己是鑽石級的堅韌，但是鑽石雖然完全不怕刮傷，用鐵鎚用力敲下去，還是很容易被敲得粉碎。不是有哪一部漫畫用過「不滅鑽石」（註2）這個標題嗎？那是騙人的。

好在整個學年的「反比企谷風潮」已經消退，至少這一點值得慶幸。畢竟我本來便不引人注目，大家對我的厭惡也是三分鐘熱度，很快地不再關心。所謂「謠言不久傳」即為這個意思。再換一種比喻，就像是新一季的動畫開播，都會迷上不同女角色的傢伙。從過去到現在，我受到的待遇永遠差別人一大截，使得這段過程被壓縮再壓縮，最後連「那個人現在在哪（註3）」都懶得來採訪。

這個世界對我沒有任何興趣。誰教這個世界上，快樂的事情多得數不清。

今天的教室也一派輕鬆，班上同學愉快地交談著。

後方座位有一群人高聲交談，藉以誇耀自己的存在，像極了猩猩拍打胸脯。順帶一提，這種行為在英文裡稱為「drumming」。

那群人聊得正高興，大肆宣揚自己存在感的對話聲清楚傳入我耳朵。我稍微往那邊瞄過去，看見戶部、大岡、大和三人組坐在桌上。明明就有椅子，為什麼不肯好好坐，我實在搞不懂。

註1 出自漫畫《金肉人》，從0到10代表超人的身體硬度等級。
註2 指《JOJO的奇妙冒險》第四部。
註3 原名為「あの人は今」，是日本的綜藝節目，專門尋訪曾紅極一時的名人的現況。

「對啦，畢業旅行打算去哪裡？」

戶部拋出話題，大岡高舉雙手回答：

「拜託，京都耶！當然要去環球影城！U・S・J！U・S・J！」

「那在大阪吧。」

「出現啦！超正統的吐槽！」

天啊……

大和冷靜地低聲吐槽，戶部立刻興奮起來。老實說，這種對話我實在聽不下去。要是有真的關西人在場，肯定會抄起菸灰缸，往他們的頭上砸。

關西人的一大特徵，是聽到破破爛爛的關西話會發脾氣。這可是柯南掛保證的。世界上最詭異的，莫過於聽關東人講關西話。如果要問能不能接受，這幾乎是貼著及格線低空飛過。

那三人組自然不可能知道我在想什麼，繼續高高興興地聊天，並且三不五時用「我們的對話很有趣吧」的眼神看向女生，真是無聊到可笑的地步。

「不過還要跑到大阪，太麻煩了吧～」

「是啊。」

戶部拉著後髮根說道，大岡寫著「怎樣啊」的臉亮了起來。唯獨沉著冷靜又遲鈍的大和根本不搭理他們，先默默構思一會兒，再準確命中目標。

「……戶部一個人去不就好了？」

「哈！我被排擠了嗎？我又不是那隻企鵝！」

語畢，眾人哄堂大笑。

仔細一看，在一旁互看智慧型手機螢幕的小田跟田原也顫抖著肩膀，努力不要笑出來，但還是發出「噗哧」的聲音。

好好好，很好笑、很好笑，我快笑死了。

總之，最近我受到的待遇即為如此。他們以自己的方式尋找境界線，摸索可以容許的最下限，把我放進一個又一個的梗當中。

請容許我再次強調：完全沒有霸凌！他們不過是在嬉鬧，拿我的名字尋開心而已——這正是「我沒有欺負他，只是開開玩笑罷了」的典型例子。不管說的話再傷人、行為再過分，都可以用「開玩笑而已」輕鬆帶過，真是方便得不得了。這句話的作用如同「笑吧，達爾」，使聽者不笑都不行。

可是，如果深究他們做出此行為的原因，會發現那只是為了「接納」所採取的常用手法。

想接納某種難以接納的事物時，免不了要做出某種程度的讓步。讓步的方法只有一種，就是將其視為笑柄。團體內的異端分子要獲得接納，一定得經過這個歷程。

曾有一段時期，二年F班在相模信徒大力遊說之下，大家都用嫌惡的態度對待我，並且對相模展現美好的同伴情誼。然而，在高中生的階段，這段時期只會匆匆流過，當運動會告一段落時，同情相模的熱潮已經散去，現在換流行「開開比企鵝同學的玩笑吧」。我果然是時代的寵兒。

引發這一切事態的相模被淡忘，風波之後的渣滓——亦即本人，比企谷八幡，受到什麼樣的對待——卻殘留下來，逐漸成為大家的習慣。

只要用宗教的角度解釋這種徒具形式的儀式，即可輕易理解。一堆歷史悠久或大有來歷的活動，正一點一滴地失去初衷。例如盂蘭盆舞和聖誕節，即使說不出這些節慶的由來，大家還是能接受，高高興興地慶祝。

這些活動終將成為團體的共同意識與文化，讓大家重新確認、認知自己屬於同一個團體。

總有一天，他們也會對開我玩笑這件事感到厭倦才是。

可惜在畢業旅行前夕，班上同學正處於興頭上，這波熱潮來到最高峰。

大家三五成群地聚在一起，談論「要去哪裡玩」、「要做什麼」之類話題時，正是最需要發揮「集團力」的時刻。因此，少不了拿我開玩笑這個儀式。

戶部那群人不斷把「比企鵝、比企鵝」掛在嘴邊，一個又一個地換過不同話題。話說回來，我的名字裡明明就沒有企鵝啊……

大岡說話時一直摸著他的大平頭，大和則是在旁附和。

「畢業旅行啊……超讚的。」

「是啊，超讚。」

這種時候千萬不可以追問「什麼東西超讚」，總之超讚就是超讚，跟他們認真就輸了。即使大家在同一段對話中鬼打牆，也千萬不可以吐槽。真是超讚的。

「對了，戶部，你『那個』打算怎麼辦？」

大岡突然換上緊張兮兮的口吻，好像他想開口已經想了很久。戶部聽到這個問題，也變得支支吾吾。

「咦？你真的想知道？好吧～這還有什麼好問的，答案不是很明顯嗎？」

戶部輕咳一聲，賣個關子。

「……我下定決心了。」

「喔！」

戶部帶著沒什麼意義的嚴肅神情回答，另外兩人立刻驚呼。等一下，你說你下定決心，是決定要嗑藥不成（註4）？這玩意兒的威力未免太強，我一下子便產生語言障礙。

戶部等人一反先前的高聲談笑，改為壓低音量交頭接耳。他們大概不想被別人聽見。

其他人也紛紛從我身上挪開視線，將焦點轉移回各自的話題。我瞄他們一眼，接著望向天花板發呆。

只坐在椅子前半部，把整個身體靠上椅背的後仰姿態真舒服。我吁一口氣，緩緩閉上眼睛。

註4「決める」為決定之意，寫成「キメる」則變成使用違禁藥物之意。

班上同學熱烈地討論即將到來的畢業旅行，整間教室陷入一片吵嚷聲中，我也得以擺脫惱人的視線和嘲笑。

突然間，我的眼前蒙上黑影。睜眼一看，發現一對熟悉的胸部——不對，是一張熟悉的面孔。

「嗨囉！」

由比濱從上方往下盯著我。

「喔……」

我嚇得差點摔下椅子，不過還是盡可能保持冷靜。

「你今天會去社團吧？」

「嗯。」

「知道了，到時候社辦見。」

由比濱小聲對我回話，而且刻意挑選大家移開視線的空檔。那份用心真不簡單。

她小心翼翼地在胸前揮手，走回三浦的地盤。三浦訝異地看著我一會兒，很快地又把視線移回自己的手機上。

不愧是大膽走自己道路的獄炎女王，對於校園階級最底層的我沒有半點興趣。她不是我的敵人，也不是我的盟友，但也不算是中立。這種沒有牽扯的立場堪稱萬幸。

她剛才或許不是看我，而是在注意由比濱。

以目前班上的風氣而言，跟我說話是很冒險的舉動，好在由比濱懂得看場面，很瞭解如何避免造成其他人不快。

這其中當然少不了自我保護的目的，不過還有另一個很大的目的，是不讓我成為攻擊的目標。

當團體內非得容納一個討人厭的傢伙時，第一要務就是盡可能排除會被攻擊的要素。不犯錯，不顯露過失，不留下醒目的把柄——這三點相當重要，雖然實際上等於只有一點。

相反的，誇耀自己有多完美，同樣會淪為被攻擊的目標。所以，謹記一個重點：什麼都不要做。什麼都不做的話，自然不會犯錯。

另外一點，就是不要跟任何人有所牽扯。

人與人之間有了交集，難免會發生摩擦，而且在雙方當事人之外，還要考慮旁人的眼光。尤其是容易吸引注意力的人物，跟他們接觸時要格外小心。

我自己最好也提高警覺，連累到別人可不是我樂見的結果。

由比濱很清楚自己的校園階級，也知道要挑對的時機，才會在大家沒注意的情況下跟我說話，但我不能就此鬆懈。

先前只要消除自己的存在感即可了事，接下來恐怕得讓自己真正消失才行。至於具體的做法，例如一邊按手機一邊走出教室，假裝有人打電話來……可是這招肯定很快會被拆穿，畢竟全世界有哪個傢伙會打電話給我？別開玩笑了。

最後，我沒有什麼事情好做，索性再度趴到桌上睡覺。

下課時間剩下沒多久，腳步聲開始雜亂，去別班串門子的同學、去洗手間的同學、去買飲料的同學紛紛回到教室。

我微微睜開眼皮，這次看見視線角落出現一條馬尾晃來晃去。

她用髮圈將黑中帶青的長髮綁成一束，笑咪咪地看著手機螢幕，下一秒又迅速換上百般無聊的表情。

那個有戀弟情結的傢伙，又在傳簡訊給弟弟嗎？看來我傳簡訊給小町時，也要多注意一下才行，否則會被說有戀妹情結，甚至是妹妹公主……好吧，當我沒說。

那位川什麼沙希，簡稱「川崎」（註5）的人，似乎很在意自己笑起來的樣子是否被人看到，鬼鬼祟祟地偷瞄四周，然後跟我對上視線。

「咿！」

川崎小聲地驚呼，聲音相當詭異，身體還跳一下。她紅著臉，低下頭快步走回自己的座位。

自從校慶之後，她一直是那個樣子，說什麼都不肯靠近我。連看到我的時候，都故意把頭撇開。

沒錯沒錯，那樣很好。為了讓彼此擁有愜意的生活，總得保持適當的距離。有些傢伙自以為聰明地說「會同種族互相殘殺的動物只有人類」，但這不完全正

註5「崎」與「沙希」的日文發音相同。

確。野獸們發現彼此的勢力範圍衝突時，也會廝殺起來。在學校這種地方，學生們的勢力範圍衝突個沒完，所以發生爭鬥也是理所當然的事。

更何況高中生這個族群，只要是不同團體、不同校園階級，甚至是不同的獨立個體，都屬於不同種族。

每個人都是截然不同的個體，這句話一點都沒錯。

證據在於，正叮叮咚咚往我這裡走過來的人，怎麼看都不像跟我同一種族。

「八幡。」

他的聲音宛如天堂的樂音，他的腳步宛如漫步在雲端，他的身影宛如聖潔的天使。

戶塚果然是天使。

由於他完完全全是個天使，才能無視其他低賤人種散發的不快氣息，自然而然地跟我說話。

「等一下的班會課，好像要決定畢業旅行分組。」

他把不知從哪裡得到的消息先透露給我。

四天三夜的畢業旅行下週便要展開，第一天全班集體行動，第二天各組分開行動，第三天每個人自由行動。只有第一天是固定行程，之後通通讓大家自由參訪，因此，班上同學都是在討論第二、第三天要做什麼。

接下來的班會課決定分組後，三分之二的行程將跟著定下來，說是畢業旅行的前哨戰一點也不誇張。

不過，我註定只有被塞進最後的空缺、跟在隊伍尾巴走的份，所以對我來說，並沒有什麼意義。

「……是喔，但我看大家好像決定得差不多了。」

「是嗎……可是，我還沒有找好組。」

戶塚大概是因為大部分的人都定下來，只有自己還找不到歸處，因此不太好意思地低下頭小聲嘟噥。

「……」

他見我默不作聲，又抬起頭笑笑地帶過。

——好想守護這張笑臉。

我從來不認為自己做好提出邀約的心理準備，不過，既然是難得的畢業旅行，試一試應該無妨。可惜當我為了一個男生鼓起勇氣嘗試時，事情便已不太對勁。

「……不然，我們一組怎麼樣？」

「嗯！」

看到戶塚展露充滿精神、洋溢著喜悅的笑容，我的內心跟著獲得滿足。如果我是在外遊蕩的孤魂野鬼，肯定會當場成佛；要是自衛隊來招募我，我搞不好會想也不想地簽下去。

「那麼，還要再找兩個人，要怎麼辦呢？」

「四人一組的話……到時候看哪裡也只有兩個人，直接跟他們合併吧。」

也就是看哪裡同樣有空缺，再從裡面挑一個順眼的湊齊人數。

「好辦法，所以只剩下決定要去哪裡……」

「喔，那個我隨便。」

上課鐘聲快要響起，戶塚可能會為這個問題繼續思考老半天，於是我拐一個彎，讓戶塚知道該回去座位坐好，也沒忘記不經意地輕拍他的肩膀。

戶塚點點頭，稍微對我揮手後，走回自己的座位。

其他人看了戶塚一眼，好在他一向給人中性的印象，所以那些視線不帶有厭惡。看來戶塚在班級內，也屬於有些突出的類型。

但如果考慮到往後的日子，他沒有必要刻意引人注目。

我仍然會維持過去的做法，不主動找他說話、不主動接近他。

只要能保持適當距離，便不會有什麼問題。關於這部分，由我自己多加留意即可。

繼續維持一貫的生活方式，無需做任何改變。

因此，今天的我當然也是老樣子，趴在桌上假裝睡覺。這種時期更必須抱持平常心，確實做好日常生活的大小事。

我把左手臂當成枕頭，倒到課桌上，正好看見右手邊出現難得的景象。

現在已經非常接近上課時間，葉山跟海老名一起回到教室。

我曾看過兩大集團的成員齊聚一塊，但幾乎沒看過他們兩人私下聊天。

仔細想想，剛才好像便一直沒看到那兩個人。

他們低聲交談幾句，接著立刻分開，各走各的路。

「哈囉哈囉～」海老名隨興地打招呼，走向三浦和由比濱坐的地方。她開朗的模樣如同以往，另外兩個人的反應也跟平時沒有什麼不同。

然而，另一邊的葉山卻高興不起來。

他臉上的笑容難得出現苦澀，像是在挖苦自己。從外表看來，他的心情似乎很難受。

連跟葉山不怎麼熟的我都看得出來，他的同伴更是一看即知。

戶部第一個開口。

「哎～隼人，你上哪去啦？怎麼獨來獨往的，該不會是哪隻企鵝吧？」

「沒什麼，廁所總可以讓我自己去吧。還有，你真喜歡那個梗，用得太過頭啦。」

葉山笑著吐槽，輕敲一下他的頭。

「咧～」

戶部吐一口氣，發出沒什麼意義的聲音，大和跟大岡立刻跟進。

「是啊，用太多小心冷掉。」

「乾脆改開你的玩笑好了。」

「喂，真的假的？別開玩笑好不好～～」

歡笑聲以他們為中心，往四周擴散出去。

在這段短短的期間內，眾人開始戶部來、戶部去，開起戶部的玩笑，二年F班迅速掀起新一波「戶部風潮」。

葉山集團不愧是意見領袖，才一眨眼，比企鵝的梗便成為過去式。

多虧他們，我得以重返平靜的日子——跟過去沒有什麼不同，我引以為傲的孤獨生活。

我跟其他同學的距離變得更遠，我的存在如同被埋進黑暗。

這早已是忍者的境界。在下是忍者比企谷，請多指教。

真期待京都的金閣寺……

2 沒有人知道他們為何來到侍奉社

不知從什麼時候開始，社辦多一個熱水壺。雪之下聽見熱水壺發出「咻～」的煮沸聲，將看到一半的雜誌折起漂亮的一角，亦即所謂的「狗耳朵」。不過，既然雪之下喜歡的是貓，她說不定會說「這不是狗耳朵，是蘇格蘭摺耳貓的耳朵」。順便補充一下，蘇格蘭摺耳貓是罕見貓種，加上向前摺的雙耳這一大特徵，使這種貓相當受歡迎。

雪之下把雜誌放到桌上，起身走向熱水壺。

由比濱前一刻還慵懶地單手把玩手機，現在雙眼馬上發出期待的光芒。

「太好了！點心時間！」

雪之下準備茶杯、茶葉的同時，她在自己的書包裡翻找，拿出配茶用的點心。

很快的，桌上總共擺了別致的茶杯、茶碟，以及印著懶洋洋、沒什麼生氣的小狗圖案的馬克杯。

在秋意漸濃、依稀能聽見冬天腳步聲的時節，這是很常見的景象。我讀著手上的文庫本，視線一角可瞥見雪之下在泡紅茶。

熱水注入玻璃茶壺，茶葉慢慢地向上翻騰，再靜悄悄地沉回底部，好像雪花球裡紛飛又飄落的白雪。

雪之下依序將茶注入茶杯、馬克杯後，暫時停下動作，空著的手撫上下巴考慮一會兒，才又拿來社辦內的紙杯，同樣倒滿一杯茶。

明明是自己要倒茶，為什麼還要用不屑的表情瞪那個杯子……接著，雪之下將剩餘紅茶倒進陶製茶壺中，蓋上蓋子保溫。

她端起茶杯和茶碟，走回自己的座位，正在按手機的由比濱，也拿起她的馬克杯。

剩下無人認領的紙杯，孤零零地留在桌面。杯中冒出的熱氣飄搖不定，有如迷路的小孩。

「紅茶……不喝會冷掉喔。」

「……我是貓舌頭。」

我花了一點時間，才理解那個紙杯是要給我的。既然對方都特地為我準備，當然沒有不接受的道理。我還不至於像天邪鬼（註6）一樣彆扭。

註6　日本傳說中的妖怪。

等紅茶不再那麼燙，我拿起紙杯啜飲。

由比濱雙手捧著馬克杯，一邊「呼～呼～」地吹涼紅茶，一邊說道：

「對了，畢業旅行快到了呢！」

雪之下聽到關鍵字眼，眉毛跳一下。最近不論去到哪個班級，都難逃這個話題，連我參加的侍奉社也受到影響。

「你們決定好要去哪裡了嗎？」

「最近要決定。」

「交給其他組員決定，我只負責跟著走。」

對我來說，畢業旅行幾乎等同強行押人。

組員在我的面前，訂定完全無視我意見的計畫，直接把我當空氣看待，而我只是閉著嘴巴，安安靜靜地跟著他們的屁股走。

我是不會特別感到不滿，何況那樣也樂得輕鬆，但如果問我玩得快不快樂，答案有待商榷。

異物改變不了異物的命運，雖然分到大家和平共處的組別，有機會使我的意見獲得採納，不過，異物終究必須被排除在外。

長期下來，我一直被當成異物對待，對此早已見怪不怪。同樣被當成異物的雪之下，想必跟我一樣。

「說到這個，雪之下，妳碰到畢業旅行這類的活動都怎麼辦？」

我突然對此感到好奇。雪之下一手拿著茶杯，略微歪頭表示不解。

「什麼怎麼辦？」

「妳在班上沒有朋友吧？」

由不相干的人問這種問題，其實非常失禮，不過雪之下似乎沒有放在心上，只是淡淡地回答：

「嗯，所以？」

「所以我很好奇，妳碰到分組活動時，都是怎麼做的？」

雪之下這才明白我想問什麼，露出了然於心的表情，把茶杯擱到桌上。

「喔，分組的時候，有哪一組來找我，我就加入哪一組。」

「啊？有人會去找妳？」

這個答案讓我大感意外。雪之下看到我的反應，顯得不太高興。

「我不知道你對我是怎麼想的，但我從來沒有為分組的問題傷過腦筋，每次總會有一些組別的女生主動找我。」

她一邊說一邊撥開肩上的頭髮。隔壁的由比濱將嘴唇碰上馬克杯，抬起頭說：

「喔~我好像可以理解。J班幾乎都是女生，小雪乃這種作風帥氣的人，應該滿受大家喜歡的。」

「唉，原來是這樣……僅限於J班，對吧？」

雪之下就讀的J班是國際教養班，女生比例高達九成，氣氛跟其他普通班級不太一樣，有種類似女校的感覺。我經過J班教室時，總會聞到一種說不上是好聞、有如混雜一大堆東西的氣味，說實話，那種氣味讓人不太舒服。還有一點，進入冬季之後，她們常在裙子底下多穿一條運動褲，玩起互掀裙子的遊戲，從遠處看過去，那些人似乎玩得相當高興。

雪之下的同班同學幾乎都是女生，相處起來應該是輕輕鬆鬆，不需顧慮什麼；換另一個說法，即為容易成群結黨。

無需在意異性的眼光，確實是一個好處。

以男生來說，他們會因為太在意女生的眼光而做出奇怪的行為，例如稍早戶部在教室學猩猩敲打胸部，或者裝成不良少年。被稱為「中二病」的群體，說不定也可以歸到這個類別。不用說，我同樣經歷過那樣的階段。

至於女生，十之八九有類似的現象。

事實上，雪之下到目前為止，想必已經見識過不少。若把青春期的男男女女聚集到同一間教室，便能看見各式各樣的事情。不僅是異性之間，清一色男生或女生的團體內，同樣能看盡百態。人生百態，年金也是百態（註7）。

「唉～～不過啊，真希望我們學校也可以去沖繩畢業旅行～」

由比濱把身體往前挪，望著天花板感嘆。

註7　暗指前日本首相小泉純一郎過去未繳納公司年金。他對此事表示：「人生百態，公司百態，員工也有百態。」

「挑這種時候去恐怕不太適合……我個人不是很推薦。」

雪之下看向窗外，呼嘯而過的風聲聽了便覺得冷。即使沖繩屬於南方國度，在這個季節八成也不可能去海邊戲水。

「咦～～可是，不覺得去京都很沒意思嗎？京都到處都是寺廟跟神社，那些東西這裡通通都有。像千葉市這裡，不是有稻毛淺間神社，想去隨時都可以去……」

真像是由比濱會說的話，聽了便教人頭痛。雪之下似乎跟我一樣，輕輕按住自己的太陽穴。

「妳根本沒把歷史跟文化價值列入考慮……」

她的低喃中夾雜嘆息，但由比濱不甘示弱，立刻反駁回去。

「人、人家不知道去神社要做什麼嘛……」

好吧，我多少可以理解她這句話。如果對寺廟、神社、佛閣沒什麼興趣，那些地方確實沒有任何吸引力。我敢說以大部分高中生的情況，除了婚喪喜慶跟新年參拜之外，根本不會踏進那些地方。

「可以做的事情其實很多。而且我們不是去玩的，是要親眼觀察這個國家的文化、歷史，去體驗……」

「就算真的有事情做，我想也不是妳說的那些。」

我插嘴打斷雪之下的演說。

「哎呀……那麼，你認為畢業旅行的目的是什麼？」

話說到一半被打斷，因此觸動雪之下的神經，她用好戰的眼神看過來。大小姐，妳那樣好可怕啊。但我並未因此退縮，繼續說下去。

「我想到的是去模仿社會生活。」

「……原來如此。除了搭乘新幹線之外，的確還會利用其他大眾運輸工具跟住宿設施……」

雪之下盤起雙手，眼睛轉向右上方思考。不過，我真正要說的才正要開始。

「心不甘情不願地出差，即使到了外地，照樣得跟討厭的上司大眼瞪小眼；晚上要吃什麼、要睡哪裡，也沒有選擇的自由，連參訪行程都得跟別人協調，犧牲自己的意見調整再調整；最後還要跟自己的錢包斤斤計較，考慮買多貴的伴手禮給某某人，然後另外一個人……隨便啦，不用幫他準備。妳們看，要想的事情不是很多嗎？畢業旅行的目的，正是學習思考這些問題。人生在世，不可能什麼都順自己的意，所以我們要練習欺騙自己，只要做出讓步，多少可以讓人生快樂一些。」

由比濱聽完這段長篇大論，朝我投以同情的眼神。

「哇……你的畢業旅行太不快樂了吧……」

「我實在不認為編排行程的人，想法會那麼悲觀……」

雪之下也不知該如何回應。這時，由比濱突然想到什麼。

「不過，就算真的跟你講的一樣，我們還是可以自己決定怎麼享受畢業旅行啊。」

「唔，有道理……」

她說的沒錯。不論畢業旅行的目的或目標為何，要怎麼看待這趟旅行，依然取決於個人自己的想法。

雪之下見我被由比濱說服，突然露出微笑。

「沒錯，即使是比企谷同學，對這次的畢業旅行也總會有些期待吧？」

「這個嘛……」

好吧，我承認自己有點期待跟戶塚共進晚餐，跟戶塚泡鴛鴦浴，跟戶塚同床共枕。

「啊，原來你也有期待的行程嗎？」

「嗯……我本來便滿喜歡京都的。」

雪之下聽了睜大眼睛。

「真意外……我一直以為講究傳統跟繁文縟節的東西，對你來說都是垃圾。」

……妳這樣說未免太過分。但是沒有關係，我早已對這種話免疫。

「我可是喜歡日本史跟國文的未來私立大學文科生，從某方面來說，京都對我而言算是聖地。」

說到歷史小說，第一個便想到司馬遼太郎；若提到近幾年的一般文藝作品，我首推《四疊半神話大系》。這樣的人當然對京都抱持濃厚的興趣。

「雖然所謂的畢業旅行，即為不可能如願前往自己想去的地方，但總有一天，我會自己去參觀一趟。」

「一個人的旅行，聽起來有點寂寞……」

由比濱落寞地嘟噥，但我覺得那樣還滿愉快的，光是不需要配合其他人便輕鬆很多。雪之下也點頭，認同我的理念。

「其實不會。京都那種地方更適合一個人慢慢參觀，應該很快樂才是。」

「沒錯沒錯，可以沉浸在當地的氛圍。要是參觀龍安寺的石庭時，旁邊擠著一群吵吵鬧鬧的高中生，我搞不好會拿起石頭砸爛他們的腦袋。」

「我是不會做得那麼過分……畢竟那裡是世界文化遺產。」

雪之下被我的發言嚇一跳，不過妳的理由有點走學院派，欠缺人道關懷。

「那妳們呢？有沒有想去哪裡玩？」

「我還沒開始查，不過，也許可以去清水寺看看，那裡滿有名的。」

「完全是一窩蜂的觀光客……」

這個答案很像由比濱的作風，但她本人不太高興地鼓起臉頰。

「有什麼關係，不然還有京都塔。」

「千葉不是也有類似的東西嗎？」

「那是展望塔吧！」

不覺得名字很像嗎？但反過來說，也只有名字念起來很像（註8）。

註8 京都塔的羅馬拼音為「kyo-to-tawa」，展望塔的羅馬拼音為「po-to-tawa」，兩者韻母相同。

人果然對自己故鄉的景點更有感情。我很喜歡展望塔，可惜每年舉辦的煙火晚會已經移師他處，所以現在沒有什麼機會前往。

正當我沉醉在對故鄉的情感時，雪之下潑來一盆冷水。

「要說展望塔的話，神戶港塔不是更有名？」

「沒關係，千葉的展望塔比較高。」

「我完全搞不懂哪裡沒關係……」

雪之下再度按住太陽穴。

「那麼，雪之下妳呢？」

經我一問，她稍微思考幾秒鐘。

「我的話……除了你說過的龍安寺石庭，跟由比濱同學提到的清水寺，還想去鹿苑寺、慈照寺這幾個知名景點。」

由比濱聽到一串陌生的景點，連眨好幾下眼睛。

「鹿苑寺照司（註9）……」

「不要混在一起……那樣好像變成什麼帥氣的角色名。」

根據字面上的感覺，鹿苑寺照司八成是力量強大的僧侶。

「我可能應該說金閣寺跟銀閣寺，這樣一般人比較好懂。」

「一開始直接那樣說不就好了！啊，對了，優美子說她想參觀金閣寺，所以我也

註9　此處的「寺」與「司」發音相同。

會去。」

「跟她的形象完全吻合……」

金閣寺奢華的形象跟三浦實在是太相配了。我一邊想像她全身戴滿金飾的模樣，一邊聽雪之下說下去。

「其他還有哲學之道。在櫻花綻放時欣賞固然很漂亮，換上紅葉後，同樣有一番情趣。然後，如果行程許可，我想去寺院參加夜間特別拜謁……可是畢業旅行的話，晚上不能離開旅館，這個應該不太可能。」

雪之下說得滔滔不絕，由比濱一臉訝異地看著她。

「妳知道得好清楚……」

「難道妳是《Jalan》（註10）不成？」

她一定很期待這次的畢業旅行。

「這不算什麼……跟京都有關的知識，屬於一般的常識範圍。」

她不太高興地別開臉，拿起手邊的雜誌。仔細一瞧，原來那本雜誌正是《Jalan》。

話說回來，我難得看見雪之下滿心期待一件事情到這個程度。

我跟著把臉轉到一旁，以免自己不小心笑出來。由比濱也做出相同的舉動，結果兩人正好對上視線。這個巧合實在太滑稽，我們再也忍不住，輕輕發出「噗哧」

註10 日本發行的旅遊雜誌。

一聲。

「……怎麼？」

「沒、沒什麼！沒什麼！」

雪之下冷冷地看過來，由比濱連忙揮手掩飾。然而，那種程度的掩飾無助於蒙混過關，雪之下依然不改冰冷的眼神。

「啊、啊哈哈……對了，小雪乃，第三天我們一起去玩如何？」

在雪之下緊迫盯人的視線下，由比濱笑得很心虛，但她下一秒立刻想到別的事，迅速轉移話題。

「一起？」雪之下不解地稍微歪頭。

「對，一起！」

由比濱燦爛地笑起來，還把身體往前傾，但雪之下仍然在考慮，尚未點頭。從她輕輕張開的嘴脣，我已經可以猜出接下來會聽到什麼。

「可是……」

「她跟妳又不是同一班。」

我搶先一步幫雪之下開口，不過由比濱不以為意，點頭表示她很清楚。

「沒關係，第三天是自由活動，到時候可以約出去一起玩。」

「那麼自由沒有關係嗎……」

「咦？我不覺得有什麼問題啊。」

這個人未免太隨便……

無妨，既然第三天是自由活動，乾脆我也到處閒逛。之前一直很想去新選組屯所跡、池田屋之類的景點，可惜池田屋早已不存在，現在變成一間居酒屋。獨自探訪這些歷史遺跡，想必能讓我興奮好一陣子。

我自顧自地規劃一個人的旅行時，由比濱繼續說服雪之下。

「當然也要先看小雪乃怎麼安排，妳覺得如何？」

「……我不介意。」

「好！決定了！」

雪之下略微把臉別開，由比濱則開開心心地把椅子拉過去。

友情真是美妙的事物。即使分處不同班級也沒關係，能一起享受畢業旅行，的確是一件很美好的事。

「自閉男要不要也加入？」

「嗯？我……」

由比濱張著大大的眼睛看過來。我沒有料到她會拋出這個問題，一時不知該如何回答，使社辦突然安靜下來。

我的腦袋開始與時間賽跑，想著該如何開口。這時，一陣敲門聲打破現場的沉靜。

「請進。」

雪之下應聲後，外面的人打開社辦大門。

意想不到的人物走進來。仔細想想，總覺得出現在這個地方的，淨是些意想不到或根本不需要過來的傢伙，從來沒有比較像樣、符合我們預期的人。

而且，這次來的人特別讓我意想不到。

葉山四人組——葉山走在最前面，戶部、大岡、大和跟在他後面。

我不知道他們是否真的那麼要好，但從旁人的角度看來，的確滿要好的。

葉山來過這裡好幾次，對社辦已很熟悉，另外三個人則好奇地東看看、西瞧瞧。

最後，他們的視線不約而同地落在我身上。

不用那三人開口，我便知道他們心裡在想什麼。他們面露驚訝，彼此看一眼，再往這裡瞄過來。

我無意譴責他們有失禮節的態度，因為我自己也用相同的眼神看他們。

這幾個人來這裡幹什麼？

雪之下和由比濱同樣抱持這個疑問。

「請問有什麼事？」

雪之下冷淡地詢問，由比濱發出「嗯、嗯」的聲音點頭。

葉山轉頭看一眼戶部，像是要跟他確認什麼。戶部本人不知為何，一會兒把後腦杓的頭髮往上撥，一會兒又拉拉扯扯，一副難以啟齒的模樣，看了實在令人有些不舒服。

「嗯，他們有點事情想解決，我就帶他們過來……」

葉山說得有如不關自己的事，所以這次要諮詢的不是他，而是身旁的某個同伴。

「說吧，戶部。」

「快點快點～」

「唔……」在兩旁的人催促下，戶部準備開口，但又立刻閉上嘴巴發出沉吟。你是怎樣，在學《MU》雜誌（註11）嗎？

他思考一陣子之後，用力搖頭表示作罷，留長的頭髮跟著左右飛舞，那模樣很像淋得一身溼的野狗。

「不，還是算了，我不可能跟比企鵝談這種事。」

……啥？這次又是怎樣？你以為吵架不用錢的是不是？說說看啊？

儘管我擁有一顆崇尚和平的心，此刻卻被激怒得快要覺醒。我深吸一口氣再吐出來，連同怒氣排出體外。腦袋冷靜下來後，我稍微觀察其他人的反應。大和跟大岡泛起淺笑，宛如在說「這傢伙真沒用」，葉山輕嘆一口氣，由比濱張著嘴巴說不出話，雪之下則緊抿嘴唇。

現場陷入短暫的沉默。

葉山終於受不了，首先打破僵局。

「戶部，是我們過來拜託他們的。」

註11 日本發行的神祕學月刊，發音與沉吟聲相同。

「可是，我不可能把這種事情告訴比企鵝吧～他根本不能信任。」

想不到對方對自己的認知——在此即為「戶部不喜歡我」一事——竟然有這種壞處，真是一大發現。

他們主動來侍奉社諮詢，卻不願意把問題說出口，導致現場一片寂靜，我也因此得以清楚聽到某人的嘟噥。

「……生氣……」

煩勞妳為我的心情發聲，非常感謝。不過由比濱，怎麼會由妳說出口？這是怎麼了 **what's up what's up**（註12）？

「戶部，話不能那樣說吧？應該有其他更好的說法。」

「咦，可是～」

她幫我教訓對方固然值得高興，但在這裡掀起波瀾的話，對由比濱沒有好處。

我開始思考該怎麼做才好。這時，雪之下先一步開口。

「是嗎？覺得比企谷同學不對在先，所以沒有辦法……說得出這種話，真不簡單。那麼不好意思，麻煩離開這裡。」

好吧，確實該這麼做。要是我在這裡，戶部沒辦法好好說，我只好出去。

「那麼，你們談完了再叫我回來。」

我正要站起身時，雪之下又開口。

註12 出自動畫「愛殺寶貝」片頭曲歌詞。

「等一下，你要去哪裡？」

「啊？妳不是要我離開？」

我看向雪之下，她緩緩將視線從我這裡移到戶部那群人身上。

「我是要他們離開。」

「咦？」

不只是我，連戶部他們也愣住不動。雪之下不顧我們的反應，繼續說下去。

「你們這群人不懂禮儀，連基本禮貌都欠缺，侍奉社沒有接受委託的必要。請你們趕快回去吧。」

雪之下的語氣一如往常冷靜，可是不知是否為我的錯覺，她的表情比平時更添幾分寒意，還用冰一般的視線盯著戶部。

「那樣感覺滿討厭的……」

由比濱也從旁補刀，對戶部施加無形的壓力。

時間彷彿靜止下來，唯有我始終保持半蹲的姿勢，腰部開始發出呻吟。

可以請你們趕快決定誰要出去嗎？不然，乾脆今天的社團活動到此結束，大家一起出去如何？不可以嗎？

「……也對，是我們不好。戶部，下次再來吧，或是我們自己想辦法解決。」

葉山這時鬆一口氣，打消諮詢的念頭。對對對，請你們乖乖回去。

可是，那句話反而讓戶部回過神。他恢復動作後，又開始拉扯後腦杓的頭髮。

「不行，現在不能退縮……反正暑假時比企鵝也知道了，說出來沒什麼關係。」

「……這樣啊。」

葉山見他的意志強烈，不再多說什麼。

戶部不聽葉山的阻止讓我有些意外，不過葉山純潔正直又善良，有可能是刻意製造一些阻礙，測試戶部認真到什麼程度。我想他是個會替朋友打氣、給予支持的人，做出那樣的事情並不會太奇怪。啊～～完全無法理解！

我不清楚葉山是否在為戶部著想，至少戶部沒有感受到，他仍然支支吾吾地說不出口。啊～～你不想說的話，趕快出去沒有關係，不會有人怪你的。

「那個……」

他終於要把自己的煩惱說出口。在場的人雖然不是很好奇，還是專心聆聽。

「那個……」

怎麼還不說？別再拖拖拉拉的好不好？你是最近的綜藝節目看太多嗎？最近的綜藝節目動不動就進廣告，而且廣告結束後，還跳回先前播過的內容。難道我經歷了什麼時空跳躍？多虧那些廣告，現在我除了動畫，幾乎不看其他節目。

「那個，我其實……」

拖拖拉拉老半天後，他總算要進入正題。

「我其實覺得，海老名很不錯，所以啊，打算趁這次畢旅衝看看。」

他說的整句話感覺有一半是暗號，或者說是抽象派，我們只能憑感覺摸索。

「真的嗎！」

由比濱的眼睛亮起來，我的想法跟她差不多。

這麼說來，暑假在千葉村集訓時，他說的那段話是認真的。我事前便知道這件事，所以即使戶部說得很抽象，依然可以從語感拼湊出他想表達什麼，但雪之下不解地把頭偏到一邊。

她很明顯完全聽不懂戶部在說什麼，由比濱馬上湊過去悄聲翻譯。雪之下點著頭聽到一半，突然停下動作，換上為難的表情，又把頭偏向一邊。

然後，我把自己理解的內容整理出來。

「總之，你想要跟海老名告白，然後跟她交往，沒有錯吧？」

我如此向戶部確認，同時加入幾個青春期男孩聽了會臉紅心跳的詞彙。戶部聽了，將後面的頭髮往上一撥，用力指著我說：

「沒錯沒錯，就是那樣，但要是被拒絕的話，我又會很難過。比企鵝一下就掌握重點，真好～」

你的態度會不會變得太快……好吧，戶部會有這種行為是不意外，畢竟暑假集訓時，他也主動跟我說過話。

話說回來……

「不想被拒絕啊……」

不要那麼天真好不好？進入職場開始工作後，別人一定會丟一堆莫名其妙的工作過來，甚至包括讓人懷疑「奇怪，這是屬於我的範圍嗎」的東西，勸你最好趁現在趕快習慣（註13）。

我在腦中想著這些有的沒的念頭，把右手當成枕頭趴到桌上。

雪之下也有些猶豫，輕撫嘴角思考。

只有一個人對這項委託抱持興趣，那個人正是由比濱。

她聽到突然發生的愛情故事，雙眼發出光芒，「喀噠」一聲從座位上站起，興致勃勃地把身體往前傾。

「很好啊，感覺超棒的！我支持你～～」

另一方面，雪之下仍然在思考。

「具體來說，交往要做些什麼事情……」

想不到妳直接跳到那個階段……儘管心中這麼吐槽，我自己其實也不是很清楚。交往？要擊劍嗎（註14）？

那兩個人看似準備接受委託，但我實在沒有什麼興趣。

老實說，從找人幫忙自己告白這點開始，便已註定不會成功。

打從小學高年級起，身邊就不乏這一類的流言八卦，但我未曾見過有誰找人幫忙最後能得到好結局。大部分的人純粹是覺得好玩，熱潮過了馬上失去興致。再

註13　被拒絕、被甩的動詞為「振られる」，跟被塞工作相同。

註14　交往的日文為「付き合う」，與互相刺對方（突き合う）發音相同。

說，把自己喜歡誰的事情說出去，還有可能淪為把柄。即使剛開始沒有這種打算，日後吵架時，也可能拿出來做為威脅，或者當成交換情報的代價，跟別人打聽喜歡哪個異性。我的天啊，千萬不可以低估小學生的情報戰。

基於上述原因，我不太想在這種事情上幫戶部打氣，更遑論幫他牽線。其實，呃……這會讓我想起痛苦的回憶。

同樣在一旁苦笑的葉山看我面有難色，開口問道：

「果然不可能那麼簡單嗎？」

「這個嘛……」

我不知該如何回應，偷偷移開視線，結果跟雪之下看個正著。

她也是一副問我「你覺得如何」的表情。

我換上更嚴重的死魚眼，搖搖頭告訴她「辦不到」。

她微微頷首，表示「我明白了」，接著宣布商議結果。

「不好意思，我們可能幫不上忙。」

「嗯。」

好，結束。

「嗯……好吧，也是。」

葉山點頭表示理解，視線落到自己腳邊，再也沒有抬起。

我們——說不定包括葉山在內——的立場，其實跟前來諮詢的人相去不遠，如果自認為有能力解決一切委託，只是太看得起自己。

辦不到的事比辦得到的事來得多，這乃世間常理。我沒有辦法幫上戶部，只能在此送上深深的遺憾。嗯……真的非常遺憾，誰教我也沒有女朋友，所以……對我來說，可能太過困難。沒錯，就是這樣。

然而，有人不接受這個結論。

「咦～～為什麼不行？幫忙一下嘛～」

由比濱拉著雪之下的外套央求。雪之下困擾地看我一眼，由比濱跟著看過來。等一下，不要把責任推到我身上！幾秒鐘前不是才剛拒絕嗎？

戶部察覺到她們視線的意味，往我踏近一步，堆起滿臉笑容。

「比企鵝……不對，比企鵝大人，拜託你了！」

喂喂喂，你那麼禮貌地拜託，到頭來還是沒叫對我的名字，豈不是更失禮？

「好嘛，戶部都這樣求你了。」

「拜託啦～」

大岡跟大和也笑著幫戶部說話。為什麼我每次都淪落為少數的一方，沒有任何例外？

「小雪乃，戶部好像真的很苦惱……」

「……唉，既然這麼說了，稍微想想看有什麼方法吧。」

在由比濱泛著淚光的眼神攻勢下，雪之下舉白旗投降。我說雪之下，妳最近太寵由比濱囉。

事到如今，繼續埋怨也挽回不了什麼。既然我永遠站在少數的一方，註定贏不了他們。雖然說多數要尊重少數，但少數終究得服從多數，這個道理在國小的社會課便學過。

所以，我只有乖乖點頭的份。

「……好吧。」

「萬歲！大感謝！結衣、雪之下，超謝謝妳們的！」

……喂，我呢？

算了，無妨，反正我不是為了被感謝才答應幫他，純粹是公事公辦而已。

既然已接受委託，至少要做個樣子，這是我的個人信念。雖然不會拿出全力，但會努力到一般價值觀可以接受的程度，這正是我前一陣子在校慶執委會學到的「社畜魂」——努力到不至於被炒魷魚即可。

「好啦，夠了夠了……我們接下來要做什麼，請具體說明一下。」

「這個嘛，我不是要跟海老名告白嗎？所以請你們提供一些協助。」

「哇～～」

由比濱一聽到「告白」這個字眼，馬上捂住嘴巴發出嘆息。雖然很抱歉在妳興奮的時候潑冷水，但我不覺得事情會那麼順利。而且我不是要戶部具體說明嗎？麻煩你回答得具體一點行不行？

「總之，我明白你的心意了；反過來說，我也只明白你的心意。先說清楚，告白這個舉動的風險很高喔。」

戶部聽到這句話，拉著後髮際的手瞬間停住。

「風險？喔喔，我知道。對，風險風險～」

這傢伙真的有聽懂我在說什麼嗎……我是說「風險」，不是什麼貓咪看了會高興地跳起來的貓食，也不是待過千葉JEF球隊的足球選手小名喔（註15）。

我很懷疑戶部究竟理解多少，更懷疑由比濱有沒有聽懂。她果然轉過頭來問我：

「風險？」

「風險，危險的程度或受到損失的可能性。」

雪之下用神奇寶貝圖鑑的口吻向她解釋。

「意思我知道啦！我是問有什麼風險！」

由比濱氣呼呼地抗議，雪之下依然不為所動。原來這個人也會故意開玩笑……

回到正題，有人問了問題就要回答，這是做人的基本道理。因此，我把告白的風險仔細分析給大家聽。

「第一步是跟對方告白對吧？那麼，對方拒絕的話呢？」

註15　此處風險的原文為「リスキー」。貓食品牌「喜躍」（Friskies）在日本叫做「フリスキー」；足球選手皮耶爾・理特巴爾斯基（Pierre Littbarski）的小名為「リティ」。

「已經確定會被拒絕啊？」

「笨蛋，不只對方一定會拒絕，連之後怎麼發展都定下來了。」

由比濱有點嚇到，但目前只是開頭階段，要有什麼反應都還太早。告白的人被拒絕後，真正的好戲才要開始。不要以為這時候已經落到最深處，你將很快發現，人生沒有所謂的「最深處」，只有「更深處」。沒錯，會不斷往更深處墜落……

「告白後的隔天，消息一定會在班上傳開。如果大家只是知道這件事，還沒有什麼關係，可是，你會聽到整間教室的人都在聊這件事……

『聽說昨天比企谷跟香織告白。』

『天啊，香織好可憐……』為什麼她會可憐……

『而且是用簡訊告白。』

『什麼啊，太可怕了吧。不過，哪有人會用簡訊告白？』

『就是說啊～』

『還好我沒有把自己的信箱告訴他。』

『放心，他不會跟妳告白的（笑）。』

『什麼嘛，妳好過分（笑）。』

──然後變成大家談天的題材，並且在不經意間傳進你耳中，產生心靈微微受創的風險。」

這正是典型的窮追猛打。經過失戀的打擊後，連整個社會都要把自己排除掉。

「又是自閉男的往事……」

由比濱小聲低喃，但這不是廢話嗎？我不可能知道其他人的事，要提的話，當然都是提自己的往事。

哎呀，不行不行，一提起自己的事，話匣子便停不下來。呼～說得口都渴了。我不小心說得太忘情，在場其他人都沉默不語。

「……明白了沒？」

為了保險起見，我向所有人確認。雪之下扶住額頭嘆一口氣。

「……只有你才會那樣吧。」

「不，我想不少國中生都有類似經驗……」

然而，戶部正好屬於沒有類似經驗的一群。他做出明顯沒有用大腦思考過的結論，枉費我一番苦口婆心。

「好好好，我明白，不要用簡訊告白就好吧。而且我這個人啊，不管到時候別人怎麼說，都不會放在心上。」

他豎起大拇指指著自己，大岡跟大和跟著起鬨。

「戶部要正大光明地告白，好帥喔！」

「你果然是男人……」

「沒有啦，是男的當然要這麼做～」

可不可以請你不要紅著臉講這種話……雖然對害羞的戶部過意不去，但風險不只有我剛剛說的那一點。

「……不只是這樣。」

「還有啊……」

由比濱開始不耐煩。

「這還用說嗎？其他還有一大堆風險，例如跟原本相處融洽的人告白，之後的關係會——」

「好啦好啦，這些我們都很清楚。」

葉山安慰似地拍一下我的肩膀，打斷我說話。

「……所以，我會好好處理。」

既然葉山這麼說，我只能乖乖點頭。他在眾人之間周旋的手腕，想必比我這種人強許多，看來這不是需要擔心的問題。

然而，葉山的表情有別於以往。他看著那三個蠢蛋的笑容中，依稀摻雜著痛苦。

「那麼，我要去社團活動了。不好意思，之後交給你們……還有戶部，你也別太晚來。」

他說完後，離開社辦。

「啊，我也要走了。」

「我也得去社團。」

大岡與大和跟著離去，看來他們只是單純陪戶部來這裡，不打算跟我們一起思考要怎麼做。

這是把工作通通丟給侍奉社的意思吧？

「知道了、知道了～我隨後跟上～」

戶部簡單跟他們道別，再轉向我這裡。

「所以，多多指教囉～」

你是要我指教什麼？要多多指教的，我只想得到哀愁跟《車博士》，再不然還有：「再見了，眼淚！多多指教，勇氣！」（註16）

「就算你那樣拜託，我們也不知道該怎麼做……」

雪之下絞盡腦汁，仍然想不出什麼辦法。

這次前來的委託者被戀愛沖昏頭，偏偏我們對愛情這檔事一竅不通，我真的覺得戶部找錯人幫忙。比我們更適合的人選，應該還有很多才是。

「戶部，你為什麼會找我們幫忙這種事？」

「啊？喔，沒有啦，隼人好像很推薦這裡。」

「不是這個意思……葉山不是正擅長處理你這種問題嗎？」

戶部聽了，稍微垂下頭。

註16 鄉廣美有一首歌名為「哀愁，請多指教」。《車博士》為次原隆二的漫畫，原名為「よろしくメカドック」。「再見了，眼淚！多多指教，勇氣」為特攝片「宇宙刑事卡邦」片頭曲歌詞。

「呃，該怎麼說呢……你想想看，隼人長得那麼帥，條件又超好，不太可能有這方面的困擾……」

我能理解他想表達什麼。如同大家經常開玩笑說「長得帥不是罪」，我也覺得葉山沒有為這種問題煩惱過。

那種人恐怕很難瞭解，廣大矢志朝受異性歡迎努力的準帥哥們，究竟懷抱什麼樣的苦惱。

每個人都會承認，也不得不承認葉山是個好男人，而且是個讓人忍不住「唔喔」一聲的好男人。

我說他是好男人，不單純是因為長相，另外還有爽朗、善良、正派的個性。在這個社會上，說不定不會有人討厭他。

可是，正因為如此——正因為無法討厭葉山，有些人可能想跟他保持距離。十全十美、找不到半點瑕疵的人，本身即是一種凶器。

雪之下雪乃同樣屬於那個次元，在本質上，可說是跟葉山同等的存在。然而，不知該說是幸或不幸，雪之下那種個性使她一身高規格的性能通通付諸流水。

關於這一點，葉山可說是同樣完美。

他不僅外表好得沒話說，還能跟人好好相處，腦筋又動得快，感情也很豐富……優點多得數不完。

正因為如此，就某方面而言，跟他在一起，其實跟拷問沒什麼兩樣。

這種人實在太優秀，不論跟誰比較都不會遜色。要是有一天，自己成為跟他比較的對象，不如人的地方將表露無遺。在那種情況下，難免產生吃虧的感覺。

所以，如果要說葉山隼人的缺點，即為他本身的存在。

站在局外觀察都看得出這一點，圍繞在葉山身邊、長期跟他為伍的人，感受想必更深。

由比濱略微泛起苦笑。

「嗯……隼人的確不太需要煩惱這種事。」

「對吧？」

戶部表示贊同，雪之下也「嗯」一聲頷首，接著綻開燦爛的笑容對我說：

「原來如此，難怪他會來找你諮詢。」

「喂，聽妳那樣說，好像是我在為感情問題大傷腦筋。」

雪之下的笑容太過燦爛，我下意識地這麼回敬她。

結果，雪之下跟由比濱都別開視線。

「……唉。」

「啊～～」

雪之下微微嘆一口氣，有如在同情我，由比濱也一副「我就知道」似的模樣發出嘆息。接著，她們都不再開口。

「不要默默移開視線，那樣豈不是更殘忍……」

我的心情越來越低落，戶部靠過來拍拍我肩膀。

「總之，拜託你啦，比企鵝。」

……不是告訴過你，我不叫「比企鵝」嗎？

3 戶部翔未免太膚淺

接下戶部委託的隔日，我們開始仔細分析委託內容，討論接下來的策略。

老實說，我對這次的委託興趣缺缺。

不管怎樣，戀愛這種事我只覺得愚蠢，而且前來委託的人又是戶部。在這種情況下，我實在很難拿出幹勁。

先整理一下戶部的委託內容。

戶部要向海老名告白，我們的任務是提供協助。

這是怎樣……內容太空洞又籠統，咬起來一定酥酥脆脆，拿去當新的巧克力廣告詞都沒問題。

如此這般，昨天接受戶部的委託後，我們正在思考該怎麼做。

雪之下將紙張豎起，在桌上敲幾下對齊邊緣，接著看向我們。

「總之，我們從確認目前的情況著手吧。先蒐集相關資訊，再想想看有什麼可行方案。」

嗯，這的確是雪之下會採用的方法，可惜在我看過的運動漫畫中，會蒐集分析敵方資訊的角色，十之八九會落得砲灰的下場，有點教人不安。

「首先，從戶部同學開始。」

「嗯，有道理，古人說過：『知己知彼，百戰百棄。』」

「原來要放棄啊……」

其實呢，我認為放棄才是正確選擇，這傢伙真的很有可能被拒絕……

我嘆一口氣，瞥向坐在隔壁的男子。

「那麼，請你簡單地自我介紹。」

經雪之下指示，他露出笑容開口。

「瞭解。我是二年F班戶部翔，參加的社團是足球社。」

放學後，戶部興致勃勃地來到侍奉社社辦，懶洋洋地坐下來，加入我們的討論。這樣也好，要打聽委託者的事，當然是直接詢問本人最快。

「你不用去社團活動嗎？」

「放心放心，學長們已經退離第一線，現在由隼人擔任社長，不會有問題的～」

這位大哥，您的臉皮可真厚呢，呵呵。

「我們來想想看，戶部同學有什麼優點。如果宣傳做得好，海老名同學應該會開始注意。」

咚，咚，咚，咚，叮……

大家安靜地思考一陣子後，戶部發出「啊」的一聲舉起手。來，戶部同學請說～

「……跟隼人是朋友。」

「馬上就依賴別人啊……」

由比濱無奈地低喃。

好吧，如果不是我這種優點多到數不清的人，要舉出自己的優點確實滿困難的。這麼一來，便要詢問跟他親近、相處一定時間以上的人物。

「由比濱，妳有沒有想到什麼？」

「嗯～～」由比濱盤起雙手思考，接著像是想到什麼答案，敲一下手心說：「有了，個性很開朗。」

「要是開朗就能受人喜歡，禿頭豈不是變成萬人迷（註17）？」

照她的說法，電燈泡肯定讓人愛得要命。不過仔細想想，皮卡丘確實是很討人喜歡的角色，說不定頂上越光亮，真的越受歡迎喔。我這樣想錯了嗎？

或許正如同「丈八燈塔，照遠不照近」的道理，由比濱跟戶部太過親近，才沒有發現他的優點。那麼，這次我們反其道而行，問問看從遠處觀察的人有什麼想

註17 開朗的原文為「明るい」，這個字也有明亮之意。

法，再深入探究戶部的優點。

「雪之下，妳覺得呢？」

「嗯……」

雪之下手抵著下顎思考。

「聒噪……不對，應該說吵吵鬧鬧……所以，可以帶動現場氣氛？」

儘管最後不忘露出笑容，我還是看透她究竟是怎麼想的。

「……嗯，好，我瞭解了。」

我可以明顯看出，這個女的根本沒有讚美人的打算。

雪之下對我的反應不太高興，這次反過來問我：

「不然，你也想想看如何？」

「不用，沒有的東西再怎麼擠也擠不出來。」

「……所謂沒有，是指你沒有幹勁吧。」

我想，正確答案是我對戶部沒有興趣才對。

但這樣說過於殘忍，我選擇閉上嘴巴。畢竟，如果參加「誰是最不會讓人產生興趣的人」選拔，我可是很有把握得名，何必自討苦吃呢？

不過，一直想不出戶部的優點，沒有辦法進入下個階段，現在還是不要開玩笑，稍微認真思考看看。只是，這次所說的思考，其實差不多等於捏造。

我對戶部的認知本來便少得可憐，甚至到幾分鐘前，才知道他的全名是「戶部翔」。

總而言之，戶部的特色——如果要稱之為「特色」的話——即如同外表所見。

葉山曾說過，雖然戶部乍看有點像不良少年，但其實是最會帶動氣氛的好人。

可是，換成雪之下的角度來看，則變成只會吵吵鬧鬧、沒有其他本事、容易得意忘形的人。

我對戶部的印象跟雪之下差不多。既沒有足以成為話題的軼事，也沒有什麼顯著特徵，這傢伙毫無疑問是路人中的路人。

上述那些印象，都是我們看到戶部的外表時，內心產生的評價。

不過，現在的我至少比剛升上二年級、認為他只是圍繞在葉山身旁的其中一人時，更加瞭解戶部。

別忘了幾個月前的暑假，我們還一起在千葉村露營，是在同一個屋簷下過夜的同伴——雖然這樣說可能招致什麼奇怪的誤會。現在，不妨從露營的經驗推敲看看。

戶部會為了受異性歡迎而表現自己，會為了交到女朋友有所行動，會因為喜歡上某個人而嫉妒朋友。

他就是這樣的人。隨處可見，毫無特色的少年A。

唉，根本沒有參考價值。

老實說，在我知道的人當中，最普通、最平凡、最不起眼、最庸俗的人，可能正是戶部。

即使我認為自己是個腦袋清楚、可以給自己冠上「千葉良心」封號的良知派普通高中生，看到戶部不起眼的程度，也會嚇一大跳。

結論：戶部這個人實在太微不足道。

我真的想不出他的優點，偏偏雪之下跟由比濱一直用視線催促我，戶部也投以期待的眼神，等著聽我講出比較像樣的答案。

「戶部的優點……與其在這個問題打轉，直接配合海老名的喜好不是更快？總會有一些類型的男生，讓她特別沒有抵抗力吧。」

我沒有了不起到有資格高高在上地評論別人的優點（這麼說是謙虛），所以提出另外一種思考方向。從現實觀點思考，比不斷在註定無解的問題上鑽牛角尖更有建設性。

「喔喔～有道理。」

我是真的想不出戶部的優點，才用這種話為自己解套，結果意外得到由比濱的贊同。很好很好，我不討厭個性單純的人。

雪之下也點頭表示理解。

「直接挑弱點攻擊是吧。要論手段卑劣，果然沒有人能超越你。」

「妳的稱讚方式未免太詭異……」

我一點也高興不起來，甚至懷疑她到底是不是在稱讚。

「所以，海老名喜歡哪種類型？」

她是個連花朵都相形失色的少女，少女時期又是談戀愛的大好時機。要比喻的話，如同一朵盛開的花，少女指數高到破表。少女們對戀愛抱持濃厚興趣，也是理所當然的。

我滿懷期待看向由比濱，她把臉別開說道：

「嗯……如果是姬菜，她喜歡的可能不是某種類型的男生，而是男生配對……」

「……好吧，大王花也算是花，而且有句俗話說『鯛魚腐壞了仍然是鯛魚（註18）』，海老名如果沒有腐到最高點，便不叫海老名。

「不過，那一面也可以說是個性。她本來就是奇人，腦袋想的跟大家不太一樣。」

喔喔，戶部真偉大，還幫海老名說話。愛情果然會讓人盲目。

這麼說來，不顧一切地幫某個人說話，可以解釋成對她有好感嗎？要是聽到誰批評戶塚或小町，我也會氣到失去理智，這是不是代表自己對他們抱持類似的感情？

從第三人的角度觀察，便能清楚看出這一點，雪之下同樣點頭給予肯定。但是下一秒，她又露出不解的表情。

「先不考慮戶部同學的心情，海老名同學對他又是怎麼想的？」

「這、這個嘛……」

雪之下的疑問很單純，由比濱卻開始猶豫。哎呀，答案不是很明顯嗎？這道題

註18 指好的東西即使有些瑕疵，也不損其價值。

目實在太簡單，我悄悄在心裡把仁先生的人偶梭下去（註19）。

「哇～超讓人在意ing！」

戶部突然精神一來，把整個身體往前傾。

「……你確定嗎？這是最後一次反悔的機會囉。」

「不過，不知道的話，沒有辦法進行下去。」

「這、這樣啊……」

那麼，由比濱小姐，請公布正確答案。

「唔……」在我們的注目下，由比濱怎麼也開不了口。「……她好像覺得，你是一個好人。」

說出答案後，她默默地別開視線。

嗚……我的眼淚……

——好人。

女生口中的「好人」，百分之百代表「怎樣都好的人」；比較好的情況，頂多晉升為「好使喚的人」。

聽到這個答案，已經可以想見戶部的委託將以悲劇收場。

不過，戶部露出篤定獲勝的笑容低喃：

註19　原文為「スーパーひとしくん」，是益智問答節目「日立　世界・ふしぎ発見」使用的道具。來賓回答問題前，要用這個人偶做為籌碼。

號。

「……這不是正面稱讚嗎？」

只有你的思考是正面的，或是很久以前從你腦袋出走的那根螺絲釘剛好是個加號。

如果是要指責，我可以想出一大堆；但是思考點子時，卻連一個都想不出來。戶部這個人膚淺的程度，遠遠超乎我的想像。

「不、不過啊，她沒有說討厭你，這不是很好嗎？」

由比濱努力打圓場，但我跟雪之下早已死心。

「光是靠我們也是有極限……」

「沒辦法，戶部跟海老名的落差實在太大。」

誠如所見，戶部是個性格輕浮、容易得意忘形的傢伙，相較之下，海老名長相清秀又討人喜愛，卻是個腐女。

在這種情況下，反而是海老名顯得不正常。

她是毫不掩飾自己喜好的腐女，又位於校園階級頂層，這樣的條件組合頗為罕見。如果是位於校園階級頂層，同時隱藏自己喜好的腐女，說不定意外地多。聽說在腐女常去的活動中，個性開朗的漂亮女生其實不少。這是我從漫畫看來的，《我的801女友》跟《現視研》都是這樣畫，絕對錯不了。

戶部跟海老名本來應該屬於不同階層。基本上，戶部所屬的團體光鮮亮麗，容易吸引眾人注意；至於海老名，她的容貌確實很端正，再加上閒不下來和可愛的一面，放在三浦旁邊做比較時，「可愛」的定義便發生細微改變。

若是用一般人的概念思考，海老名屬於「只有我才知道的超可愛女生」，不僅有頂層階級內的下層人物偷偷喜歡她，往下延伸到中間階層，乃至於最底層的男生，都懷有「搞不好我有機會跟她交往」的願望。國中時代的我，說不定也會喜歡上她。

然而，使這種一般概念崩毀的，正是二年F班的大姐頭三浦優美子。

三浦不論走到哪，都維持一貫的冷淡；另一方面，又積極將可愛的女生網羅到身邊，形成三浦集團。她不拘泥於「可愛」的定義，而是用自己的判斷標準挑選。雖然這麼一來，川崎沒有入選，反倒有點讓我不解。她明明也長得挺好看，要是改掉不怎麼親切的個性以及嚴重的戀弟情結，那就太好了。

從某方面來說，這次委託的關鍵，正掌握在建立起顛覆大家預期的環境的三浦手上。

我才剛想到這個人名，由比濱便跟著說出口。

「我們可能還需要找其他人幫忙，例如優美子。」

「有道理。古人也說過：『射人先射馬，我看放棄吧。』」

「怎麼又放棄！」

由比濱又吃了一驚。不過，我這次可是有正當的放棄理由。

「還是打消那個念頭比較好，我不太覺得三浦願意幫忙。」

「唔，嗯……可是，優美子滿喜歡這種話題的。」

「……最好不要。」

她錯愕地看過來，因為我的口氣不小心冷淡了些。

畢竟，想達成這次的委託，機會相當渺茫。

而且到時候不管怎麼看，都像是由比濱跟三浦在背後慫恿戶部。

不論真相如何，在海老名的眼中看來就是這樣子。

如果只有由比濱一個人，還可以用社團的理由幫她撐開保護傘，說是因為我跟雪之下這些外人介入，她才不得不跟著行動。

可是，三浦也參與這件事的話，由於她跟侍奉社的關聯很薄弱，由比濱的影響力將大大凸顯出來。屆時，海老名絕不可能對她留下好印象。

我不太希望事情變成這樣。

這項委託可能帶來的好處太少，跟必須承擔的風險不成比例。

「總之，最好不要那麼做。」

「嗯……好吧，那就算了。」

好在由比濱沒有追問為什麼。這種事情不過是感情論，很難用道理說明清楚，硬是要講道理，只會麻煩又愚蠢得要命。

「可是這樣一來，真的束手無策呢。」

雪之下有些疲憊，短短嘆一口氣。

沒錯，從各種跡象看來，這個委託實在不可能成功，我們完全找不到有利的要素。

「我看，乾脆放棄如何？」

我已經感到厭倦，轉而詢問戶部要不要打消念頭。戶部聽了，用力拍一下額頭，失望地垂下肩膀。

「啊～～比企鵝，你很過分耶。隼人說得真對，你嘴巴超壞的……嗯？等一下等一下，還是說你就是嘴巴很壞，才故意說這種話？」

「不，我非常認真……」

戶部根本沒把我的話聽進去，還把臉往這裡湊過來。

「不過啊，大家常說『喜歡的相反是漠不關心（註20）』，所以比企鵝你其實是很認真地為我思考對不對？」

這、這個人……這個人未免太煩……他的那種煩跟材木座剛好屬於相反方向。再說，不管我怎麼想，喜歡的相反都是討厭。

「漠不關心」純粹是因為不認識對方，無法做出評價，一旦認識之後，勢必得把對方歸到「喜歡」或「討厭」的類別。被歸到「討厭」類別的人，將永遠受到厭惡與打壓。喜歡的相反是厭惡，是殺意。

但是，戶部根本沒有領會我的想法。他看向窗外，有一句沒一句地開口：

「我是很認真的……雖然大和跟大岡也很支持我，但他們大概只是等著看好

註20　出自德蕾莎修女的名言。

戲……」

說到這裡，他有些害臊地搔搔鼻子。

「所以，被你這麼認真地阻止，我反而覺得還不差。」

「……」

我才沒有那個意思，不要自顧自地往好的方向解釋可以嗎？不不不，真的不是那樣，拜託不要再說了。

「海老名她啊，其實也有不為人知的一面。有時候不經意地看到她，胸口好像被用力地刺一下。總覺得她沒那麼簡單，不能只看外表，這一點讓我有觸電的感覺。啊～～我在說什麼，超丟臉的～噁心死了～～」

戶部難為情地拚命撥弄後面的頭髮。

謝謝你喜孜孜地回答我們根本沒問的問題。還有，你頭上的長毛看了就不爽。不要再露出那麼清爽的笑容，快把頭髮剪掉好不好？

不過……想不到這傢伙有在觀察海老名，而且看得滿仔細的。

多年下來，我持續不斷地觀察各種不同的人，因此多少感覺得到，海老名不是個只有外型可愛的女生。

在她心中，想必藏著什麼祕密。

儘管戶部尚未踏入核心，長期觀察海老名之後，依然有發現一些什麼。

有所發現之後，開始在意起對方，接著在不知不覺間，視線被對方牢牢吸住，然後又發現全新的一面，胸口跟著灼熱起來——每個人一定都有這樣的經驗，包括戶部，還有我。

為什麼男生總是少不了這股傻勁？明知道不可行，卻不會就此死心。所以說，全天下的男孩子都是傻瓜。

戶部同樣是墜入愛河的男生，好比過去的我。哪怕是現實充或校園階級頂層的人，內心照樣只是個專情的男孩子。

「好吧，反正失敗了也沒有什麼損失……」

既然他真心誠意地要追海老名，我們願意提供協助。這正是侍奉社的理念。

「拜託，希望你可以讓我有好結果。」

戶部雙手合十向我懇求，我揮揮手告訴他「知道啦、知道啦」。這時，某個地方發出手機震動的嗡嗡聲。

「啊，是我的手機。喂～～咦？啊，抱歉抱歉！我馬上過去！」

他迅速掛斷電話，抓起書包匆匆離去。

「怎麼了？」

由比濱開口詢問時，他已經奔到社辦門口。

「去社團！聽說高三的學長要過去看，不到的話就糟糕了！先這樣啦！」

他拋下這句話，拉開社辦大門頭也不回地衝出去。雪之下看著他迅速消失的背影，小聲抱怨：「那個人真是聒噪……」

戶部離開後，耳根子立刻安靜下來。

社辦歸於平靜，三個人一下子不知道要做什麼，索性就近抓起手邊的東西。

雪之下開始泡茶，我拿起桌上的文庫本，由比濱翻起手邊的雜誌。

她翻到一半突然停住，仔細盯著雜誌頁面。她認真的神情不同於往常，我好奇地把頭探過去看個究竟。

「妳是看到什麼……喔～結緣繩啊。」

「這個不知道能不能幫上戶部。」

她的視線被雜誌牢牢吸住。雪之下完成泡茶準備，也加入我們的行列。

「京都有很多可以結緣的神社佛閣，還有專門參訪那些景點的旅行團。不過，想要依賴神明幫忙，這種方式也太消極……」

「是啊，不是有一句俗話說：『平時不燒香，神明也放棄。』」

像神明那樣放棄不管，稱為「神棄」……奇怪，為什麼沒有人吐槽「怎麼又放棄」，這樣我很沒有成就感耶。

我看向由比濱，不知道為什麼，她的雙眼亮起來。

「……那就對了！」

「妳說放棄？」

「『神棄』有那麼好？我還因為想不出怎麼押韻，不太喜歡這個字。

「不是那個。我們要利用京都旅遊的期間，讓他們走得更近。姬菜說她很喜歡京都，如果聽到戶部不經意地分享一些京都的小知識，便有可能喜歡上他！」

按照由比濱的意思，平常的校園生活已經沒什麼指望，只能期待換一個環境，看看畢業旅行的期間，是否會出現什麼變化。

畢業旅行為期四天三夜，聽起來像是在演「如何在四天三夜之內找到戀人」的西洋片，而且要由卡麥蓉狄亞跟休葛蘭主演。

總而言之，我們必須在極為有限的時間內，製造讓海老名迷上戶部的機會。這是什麼不可能的任務……

「這樣的話，第一步便要讓戶部同學跟海老名同學分在同一組。」

雪之下為所有人倒好紅茶，由比濱拿過馬克杯，喝一口後抬起頭。

「第一天是全班集體行動，不會有什麼問題。之後小組行動的部分，我差不多確定要跟姬菜和優美子同一組。」

可以想見，她們那金三角組合幾乎不可能更動，但畢業旅行的分組是四人一組，因此還會有另一個人加入。不過，不管是誰加入，都不至於造成影響才是，所以不需要列入考量。

所以，問題是在戶部那邊嗎……我思考到一半，被由比濱的話打斷。

「然後男生那裡，你可以跟戶部同一組，再選擇跟我們一樣的地方，這樣第二天便能在一起。」

「……咦？等一下，我已經跟戶塚說好要同一組。」

我揮揮手表示沒辦法，雪之下也幫忙說話。

「戶部同學那四個人應該也已決定組別。再說，讓比企谷同學加入他們沒有什麼好處，到時候大家都過得不快樂。」

照理說，我要感謝雪之下幫忙說話才是，可是我心中沒有任何對她的感謝，這是為什麼呢……

「是沒有錯，不過由我們兩個人決定行程，第二天即可讓他們在一起。而且我們在場，到時候比較方便提供協助。」

由比濱竟然懂得邏輯思考……這光景實在太罕見，我不禁睜大眼睛，但也因此錯失反對的時機。雪之下見我沒有表示意見，發出「嗯」的一聲點頭。

「有道理。好吧，既然大岡同學與大和同學都陪他來到這裡，跟他們說明一下，想必能夠獲得他們理解。」

「嗯，決定分組的時候，我會去跟他們說。」

糟糕，由比濱的計畫進展得非常順利。要是照那樣下去，我真的會被塞進葉山那一組。無論如何都要避開那個情況！

「等一下，我有話……」

我才剛說幾個字，由比濱又想到什麼，拍一下手。

「所以，讓那四個人分成兩組，再把你跟小彩分進其中一組對吧？」

……咦，這個方法挺棒的。太好了太好了，就這麼做吧！

× × ×

二年F班平時即為特別吵鬧的班級。究其主要原因，在於高居全年級校園階級頂層的兩大人物——葉山隼人與三浦優美子形成的集團，是整個班級的核心。那群人的活力彷彿永遠消耗不完，一旦聚集起來，自然會發出不絕於耳的笑聲，綻開一大片燦爛的笑容。

今天，這個班級吵鬧的程度又勝於以往。

因為這一天是決定畢業旅行分組的日子。我們有一個小時的班會課可以使用，雖然實際上根本不需要那麼久。

平時便很要好的同學，會立刻形成小組。那麼，為什麼要用到整整一小時？這算是對獨行俠的好意，同時是拷問。獨行俠們將花上一個小時東張西望，到處尋找願意收留自己的小組。

不過，這次的我很不一樣，因為我早已決定要跟誰一組。

由比濱向大岡和大和說明情況後，他們原本的四人組拆成兩半，我、戶塚加入葉山和戶部的組別，重現暑假睡在同一間小木屋的陣容。

不少組別決定下來後，進入快樂的聊天時間。

由比濱那群人則在附近進行最後協調。

「我們還差一個人。」

由比濱先開口，三浦拉著電鑽般的長鬈髮回答：

「三個人不行嗎？」

規定就是要四人一組啊……三浦非常自然地準備違反規則時，海老名適時地冒出，從背後拍一下她的肩膀。

「久等了～♪」

「啊，姬菜，關於組員人數……」

聽到海老名的聲音，我跟由比濱一起轉過頭。

只見她帶著一位意想不到的人物登場。

「讓沙沙加入我們這一組如何？」

那是什麼外號，聽起來好像很會打麻將（註21）……川崎被海老名那麼稱呼，不好意思地扭捏一下。

「我、我都可以……還有，不要叫我『沙沙』。」

「川崎同學，妳願意的話要不要跟我們一組？啊，對了，我們會跟那邊的男生組一起參觀，如果妳不排斥——」

由比濱一邊說明，一邊瞄向我們這裡。

「喔，這樣啊。」

註21「沙沙」的原文發音為「sakisaki」，跟《天才麻將少女》的角色宮永咲的「咲」（saki）同音。

先開口的不是川崎，而是海老名。她銳利的目光掃過來，仔仔細細地觀察我們，不放過任何細節。

「妳們真的打算跟男生一起行動？」

川崎的問題讓海老名收起先前的目光，興奮地發出「唔哈」的聲音。

「好啊好啊非常好！可以就近看葉山×比企鵝看到飽！能夠在京都看到葉八配對，天啊！」

原來她剛才那麼仔細地觀察我們，是為了這個……

「妳在說什麼啊，比企鵝怎麼會是……」

川崎一副受不了地開口，同時不忘瞥我一眼。但是下一秒，她立刻以超高速把頭轉回去，激動地抓住海老名。

「妳、妳說比企鵝是『那個』？不，不可能不可能不可能不可能不可能！」

「哎呀～不用擔心。剛開始的時候，確實會覺得不可能有這種配對，但只要多觀察一陣子，妳將發現自己滿腦子只有這個配對。事實上，葉山也很明白這一點，不時流露出憂鬱的眼神——」

「葉山的事情怎樣都無所謂！」

話音剛落，川崎的背後立刻傳來椅子的喀噠聲。

「啊？妳剛才說什麼？」

川崎似乎惹惱三浦女王，三浦不停用指甲敲打桌面，好戰的態度表露無遺，現場氣氛跟著緊繃起來。

不過，川崎也不遑多讓，她撥一下長馬尾，扭頭瞪向三浦，進入備戰狀態。川崎真不簡單，不愧是有勇氣跟傳說中的雪之下正面對峙的女人。

「我說葉山怎樣都無所謂，妳是不是該清一下耳朵？」

「什麼？」

「啊？」

決戰！決戰！大決戰！太可怕了，我是說真的……

「好、好啦……總、總之，我們的組員決定了……」

由比濱介入兩人之間，盡力避免她們正面衝突。

……啊，我懂了。我終於知道為什麼川崎明明也很可愛，卻沒有進入三浦集團，因為她的角色跟三浦有些重疊。

真不想跟這些人去畢業旅行……

4

歸根究柢，海老名姬菜真的只是腐女？

終於，明天就是畢業旅行的日子。

我們幾個人聚集在侍奉社社辦，進行出發前的最後沙盤推演。

多虧前幾天的分組進行得很順利，現在至少已達成當初的目的，亦即讓海老名跟戶部在旅行中共同行動。

雖然，即使我們不特別做什麼，也會自然而然發展成這個結果，要說有什麼差別，頂多是我存不存在他們的小組中，不過就算我加入，也不會有什麼變化。

接下來，第二個計畫是思考該如何讓戶部展現他的魅力。我們要充當製作人打造戶部，讓他粉墨登場。看到沒？我們是製作人喔！

於是，我們準備好《Jalan》、《Rurubu》（註22）等雜誌，以及TABELOG、GU-

註22 日本JTB出版的旅遊雜誌。

RUNAVI之類的美食資訊平台，精心挑選適合的觀光景點。

「那麼，大家一起來思考吧！」

由比濱將一整排的觀光指南跟旅遊雜誌攤開在桌上。

「妳是去哪裡弄來這麼多東西……」

「嗯？有些是小雪乃的，有些是我從圖書館借來的，還有一些是平塚老師的。」

前面兩個管道是沒什麼問題，但最後的平塚老師是怎麼回事？她該不會也超期待畢業旅行，興奮到睡不著覺……算了，無所謂。

坦白說，我自己也很期待這次的京都旅行。如果不是跟一堆學生一起參加的畢業旅行，我會更高興。

總之，我隨手拿來一本雜誌翻閱……奇怪，為什麼這類旅遊雜誌特別喜歡走女性風格，不是紅色色調，便是粉紅色色調？難道沒有偏黑色的色系，封面大大寫著「男人的獨自旅行～京都篇～」或「十勇士陰謀篇」、「追憶篇」之類，帥氣一點的旅遊雜誌？

回到正題，我快速瀏覽過大眾知名景點，以及疑似連續出現好幾次的美食資訊。我要勇往翔前（註23）！

按照常理，討論旅遊行程時，應該全體組員集合起來一起決定。不過，這次女生組是由比濱負責規劃行程，男生組由我自願接下工作，屆時必然上演「真巧，我

註23《遊戲王ZEXAL》角色九十九遊馬的口頭禪。

們選的路線都一樣」這般命運感十足的戲碼。但是，我不認為有誰會相信真的那麼巧……

「兩人在京都巧遇，聽起來很像命中註定啊！」

儘管由比濱這麼說，但這到底有哪裡是命中註定？妳未免太自我感覺良好。別鬧了！不准妳再耍浪漫！而且在正常情況下，男生組在自由參訪時巧遇女生組，都會想到「糟糕，不能讓她們以為我們一直跟在後面」，因而刻意繞到她們前面，或轉進原先不在行程內的小巷子。千萬不要小看男生的自我意識。

然而，由比濱連三分之一高中男生的純情感情都不瞭解，逕自啪啦啪啦地繼續翻閱雜誌。

「什麼樣的景點比較好呢……」

她嘴上這麼呢喃，卻沒有特別仔細研究內容，不斷往下一頁翻。我看過那種念書方法，叫做速讀對吧。

由比濱看旅遊雜誌的方式完全屬於感覺派，這倒也很符合她的作風，跟逐字仔細閱讀、如同看文字書的雪之下恰恰相反。

「嗯……現在還是楓紅的季節，嵐山跟東福寺應該很理想。走到東福寺的話，伏見稻荷大社也不遠了。」

「連地理位置都那麼清楚……妳之前是不是去過？」

聽我這麼問，雪之下面露疑惑。

「沒有。」

「不然，妳特地查過嗎？」

「第一次去的地方，當然要先查好資料，而且這次難得跟大家一起去玩，能玩得快樂不是更好？」

雪之下面帶微笑說道。

這句話如此積極正向，讓我暗自驚訝一下。除了不置可否地「嗯」一聲，我想不到其他反應。

雪之下大概受到不少由比濱的影響，變得比以前柔和。這種改變並非壞事，只是可以的話，我希望她平時也能像這樣柔和，而且不要讓人猜不透心思。她現在說起話來，有時候還是會帶刺。

「啊，你看你看，這裡好像是能量景點（註24）！」

「我看是妳自己想去……」

三人各自翻著雜誌，不時穿插沒什麼營養的閒談。忽然，有人來敲社辦大門，但由於那個人敲太小聲，我們一連漏聽好幾次。

咚、咚——敲門聲再度響起。

「請進。」

註24 源自英文的「power spot」，意指能量集中的特殊場所。據說造訪能量景點、吸收當地的靈氣，能治癒身心或帶來好運。

社辦的主人——雪之下應聲。

「打擾呃。」對方不小心咬到舌頭。

社辦大門緩緩開啟，一名少女走進來。

她留著一頭及肩黑髮，戴著紅框眼鏡，輕薄的鏡片後方是一雙清澈的眼睛，五官跟身體略顯小巧。如果她坐在圖書館的櫃檯前，想必是一幅賞心悅目的景象。

「咦，姬菜？」

喀噠一聲，由比濱從座位上起身，海老名也發現她的存在。

「啊，結衣。哈囉哈囉～」

「嗨囉～」

……嗯？這是哪個部落的打招呼方式嗎？三浦八成也得用這種方式跟她們打招呼，原來她的生活這麼辛苦。

「雪之下同學、比企鵝同學，哈囉哈囉～」

「妳好。」

我用NHK節目來賓的口吻回應，雪之下也冷靜以對。

「好久不見。來，請隨意坐。」

在雪之下的邀請下，海老名就近挑一把椅子坐下，好奇地環視社辦。

暑假社團集訓時，她曾跟我們一起行動，共同協助解決鶴見留美的困擾，所以她對侍奉社的活動內容，應該有一定程度的瞭解。

「喔～原來這裡就是侍奉社～」

她這麼低喃後，轉回正面，筆直看著正前方的雪之下。

「我來這裡……是有事情想諮詢……」

原來是有委託，我不禁好奇海老名想諮詢什麼。畢竟我從來不覺得，她是那種會有煩惱，甚至為此尋求協助的人，只覺得她的個性意外地難以捉摸。

「那、那個……」

雪之下跟由比濱似乎也這麼認為，紛紛端正坐姿，認真聽海老名說下去。

在三雙眼睛的注視下，海老名不好意思地別開泛紅的臉頰，不過，非說不可的強烈意志，仍然給了她開口的勇氣。

「其實是關於戶部的事……」

「戶、戶戶戶戶部？有、有什麼問題嗎？」

我能明白由比濱的急切，畢竟連日來，我們一直為戶部的煩惱——說得更正確些，是他對海老名抱持的好感忙得不可開交。雖然我沒有表現出來，心裡其實也很好奇海老名對戶部的看法。

面對我們更加緊迫的視線，海老名的臉頰漲得更紅。

「那個，雖然不太好開口……」

她垂下視線，撥弄裙角，在腦中思索適當的字眼。那個，雖、雖然不太好開口……那種動作會讓我分心，可以麻煩停下來嗎？

話說回來，究竟是什麼樣的問題，會讓開朗的海老名害羞成這樣，甚至不知道該如何說出口？

這……這該不會代表戶部要大勝利了吧？絕對不可原諒！

「戶部他……」

「戶部他？」

面對由比濱激動的反應，海老名終於下定決心。她先吸一小口氣，然後猛然睜開眼睛，將內心的情感毫不保留地傾瀉出來。

「戶部他最近好像跟葉山和比企鵝同學特別要好，使大岡跟大和受到重大打擊！我還想繼續欣賞他們的超友誼關係啊！要是這樣下去，他們的三角關係就要瓦解了！」

瓦解了～～瓦解了～～解了～～了～～了……

她的尾音在靜寂的社辦內迴盪不已，在場其他人隔了半天還是說不出話，只能怔怔地盯著一片虛無。

如果這不是絕句（註25）？什麼才是絕句？而且不是五言或七言，是無言絕句。把絕句寫成ZECK，立刻有樂團漫畫的感覺（註26）。

註25　日文中的「絕句」為無言、說不出話的意思。

註26「絕句」的羅馬拼音為「zekku」，發音與「ZECK」相同。漫畫《搖滾新樂團》的原名則為「BECK」。

大腦最先重新開機的是由比濱。這種時候能迅速反應，真不枉費她平時便常跟海老名在一起。

「嗯……所以，什麼意思？」

海老名鄭重頷首。

「最近，戶部不是經常跟比企鵝同學說話嗎？不只這樣，畢業旅行的分組也不太尋常，他們還意味深長地眉來眼去，呵呵呵呵……」

她說明到一半突然傻笑起來，真是恐怖……

「啊，糟糕糟糕。」

她猛然回神，「咻嚕」一聲把嘴角的口水吸回去。看來負責踩煞車的三浦不在，沒有人能阻止她妄想。以這個角度而言，三浦頗像她的老媽子……再稍微想一下，她的朋友淨是海老名跟笨蛋由比濱這種人，口味真是獨特。我不禁同情起三浦，甚至至覺得她有點可愛。

然而，現在不是逃避現實的時候，海老名還沒說明完畢。我用眼神示意海老名繼續說，她對我露出笑容，接著說下去。

「我不清楚你們為什麼這麼快要好起來，可是我有點擔心，戶部是不是跟大岡、大和稍微變得疏遠……」

我可以體會她的擔心。葉山四人組分成兩半，我跟戶塚又在這時加入，不論怎麼看都很不自然。不只有海老名，班上同學說不定同樣感到納悶。

「啊，沒有啦，這個……」

這是教我如何說明才好？大岡跟大和其實都知情理解，但我不可能對海老名本人老實說出理由，一時為之語塞。

然而，海老名只是搖搖頭，彷彿告訴我「你不用全盤托出沒關係，我都知道」。

「比企鵝同學，邀請別人的時候，請記得連同所有人一起邀請，並且接受他們的一切。講白一點，請你當個『誘受』（註27）。」

「不行……辦不到……」

出於過度的絕望，我下意識地用力搖頭。這股絕望之強烈，有如之後還有兩段變身，我覺得自己隨時有可能哭出來。

海老名似乎感受到我的錯愕，她安分下來，露出悲傷的表情。

「這樣啊……也是。」

想不到她能夠明白……

「原來你不是『誘受』，是『沒用受』才對。對不起，我不該為難你。」

「不對不對不對！妳搞錯了，完全搞錯了。」

我收回前言，她根本不明白……現在的我頭痛得要命，到底該怎麼跟她溝通才好？除了我之外，由比濱也露出死心的表情，悄悄嘆一口氣。

唯有雪之下仍然忍耐著。

註27 邀請與引誘的日文皆為「誘う」。

她閉上眼睛，按著太陽穴開口。

「所以，到底是什麼事情……希望妳可以好好說明。」

她露出一副累壞的樣子，但仍努力用自己的邏輯理解海老名的言語。認真的女生真是太棒了，我早已懶得理解，請妳務必連同我的份一起努力。

「嗯……該怎麼說呢，我覺得團體內好像有東西在轉變……」

海老名的語氣添上一層憂鬱，由比濱從旁緩解她的不安。

「可是妳想想看，大岡跟大和他們男生之間，應該也有一些複雜的問題，像是人際關係之類。」

「男生之間的複雜問題……討厭啦，結衣，太難為情了……」

「我說了什麼奇怪的話嗎！」

「沒有，一點也不奇怪，放心吧。」

唯獨海老名讓人放心不下。她在臉紅個什麼？

「總之，其中可能牽涉很多因素，但我們不可能知道別人在想什麼。他們說不定其實很要好，只是沒有表現出來。」

「也有可能。可是，我確定他們跟先前不太一樣。我不希望一直這樣下去。」

說到這裡，海老名泛起微笑。

「能像過去那樣好好相處，是再好不過的。」

她的笑容非常自然，不帶一絲惡意，也不像是看到ＢＬ時笑起來的模樣。

我想，她很喜歡班級現在的樣子，以及建立在自己周圍的人際關係。那不單純是出自腐女的觀點，還包含對自己目前處境的想法。

——大家要好好相處。

儘管我對這句話沒有好感，但肯定還有其他人懷抱這樣的願望。不過，海老名說的話，果真只有字面上的意思嗎？我仍無法完全摸透海老名姬菜這個人。

正因為如此，我忍不住想推敲她的真意。

……不，還是算了。動不動便要推敲話中之話，一直是我的壞習慣。

「啊，不過……」我的壞習慣即將發作的當下，海老名忽然想到什麼，開口補充，「比企鵝同學加入男生團，跟他們打成一片是好事喔。我也可以大飽眼福。」

「我不會加入他們，妳自己多注意眼睛吧。建議妳多吃藍莓。」

海老名所說的「大飽眼福」，只靠我一個人是不行的，還要跟其他人接觸才行。沒錯吧？

「啊哈！」海老名笑一下，從座位上站起。「所以，就是這樣。畢業旅行感覺會很可口，我非常期待喔。」

她意識到口水快要滴下來，連忙捂住嘴角，接著朝我眨了眨眼。可惜，我想妳期待錯東西……

「麻煩你囉，比企鵝同學。」

海老名最後對我這麼說。

我們目送她離開後，開始面面相覷。

「到底是什麼情況……」

雪之下提出大家都想知道的疑問。

「天曉得。反正，想辦法讓大家好好相處就可以了吧。再說，那群人的感情已經夠好，我們大可什麼都不做。」

畢業旅行的分組名單，正是為了戶部的戀愛所精心安排的，這即可視為他們友情的證明。

由比濱也「嗯、嗯」地點頭，表示同意。

「沒錯。而且要讓男生好好相處，我也不知道該怎麼做……自閉男，男生之間要做些什麼，感情才會更融洽？」

聽由比濱這麼問，我還來不及開口，雪之下便拍一下她的肩膀，用有點寂寞的笑容告訴她：

「由比濱同學，問比企谷同學這種問題，會不會太過殘忍？妳應該要更懂得多為別人著想。」

「一點都沒錯，麻煩多為人著想一點——我是說妳。」

裝出溫柔的模樣挖苦別人，才是更殘忍的行為。

不管怎樣，明天就是畢業旅行。侍奉社尚未解決的事，只有戶部的委託。換句話說，現在沒有任何要擔心的事。

只不過，海老名離去前對我一個人說的那句話，不斷在我耳邊迴盪。

× × ×

回家後，我開始收拾行李。

說是收拾，其實沒有想像中的麻煩，準備幾套換洗衣物即可。咦，不然其他還需要什麼東西？

我實在想不到其他東西，於是慢慢晃到衣櫃前，隨手拉出幾件衣服。只要多準備一些內褲和襪子，旅行的日數再長也不用擔心。

最後是盥洗用具。雖然旅館會提供，多少還是帶著比較好。

好，準備完成，我的行李只要一個背包便輕鬆搞定。

哇～～感覺自己真是個旅行老手，超帥氣！其他人又是帶UNO，又是帶麻將、撲克牌，行李塞滿一大堆東西，想必很辛苦吧？聽說還有人把整台電視遊樂器搬來，我只能甘拜下風。

可是，現在這個時代，即使發現缺少什麼，大多也可以在當地買到。此外，一支手機在手，便可以查到大部分需要的資料。儘管這樣使旅行輕鬆很多，但也少了一些刺激感。

我把整理好的行李拿到客廳，扔在地上。

明天一大早便要出發，今晚最好早一點就寢。集合地點在東京車站，我們要搭新幹線直接前往京都。

要是遲到，只有被放鴿子的份。

好啦，其實也不會怎麼樣。我們又不是不會搭新幹線，何況還有手機可以聯絡，雖然車票錢的確很傷荷包，印象中是不是不能使用轉帳付款啊？話說回來，我都付錢了，卻不能自由選擇時間，這是怎麼回事？你們心中還有沒有愛啊（註28）？

相較之下，故意遲到，然後好好享受一個人的旅行，帶著鐵路便當信步閒逛不是更好？

想到這裡，我頓時失去早起的動力。

我「咚」的一聲跌坐在沙發上，開始思考要不要泡一杯ＭＡＸ咖啡，這時，小町「咚咚咚」地小跑步過來。家裡已經夠狹窄了，麻煩不要奔跑，謝謝合作。

「哥哥，別忘記這個。」

她拎著吊繩，讓掛在下方的精密機器晃來晃去。

「……我不需要照相機。」

因為我用不到。而且要拍風景的話，隨便找都找得到一堆更好的照片。

「那麼，vita呢？」

她又拎著我精心收藏在專用收納盒、繫上吊繩的vita晃來晃去。

註28　日劇「一個屋簷下」的名台詞。

「小ｖ留在家裡，妳負責陪它玩。」

「瞭解～」

小町格外慎重地點頭，將我的小ｖ收進懷裡……到、到時候會還我對吧？我、我只是暫時寄放在妳那裡喔！這不是兄妹之間經常發生，妹妹把哥哥的電子辭典或什麼東西借走後，從此變成妹妹的所有物，一去不復返的劇本對吧？

小町絲毫不瞭解我多拚命壓抑問出口的衝動，用右手指戳著臉頰，好奇地問：

「不帶這些的話，哥哥要帶什麼去？孤孤單單的一個人，又沒有可以打發時間的東西，不會很難熬嗎？」

小町的關懷讓我感到一陣窩心，可是，妳是不是太小看哥哥啦？

「最近網路上有很多電子書，不至於找不到事做。」

妹妹啊，妳真的太小看哥哥囉。只要練到我這般境界，僅需一支智慧型手機，即可輕輕鬆鬆打發時間；真要說的話，我赤手空拳照樣有辦法浪費時間。我經常在課堂上，用手指比出青蛙等等的造型，一個人「呱呱、呱呱」地玩得很高興。只是，哥哥絕對不會告訴妹妹這些往事！

「更何況，我才不是去玩的。」

小町眨眨眼睛，疑惑地問道：

「……那是去做什麼的？」

「算是苦行……」

我這麼說著，目光變得縹緲。每次碰到畢業旅行之類的活動，我都不會留下什麼美好回憶，有時候我甚至懷疑，自己是不是在參加七十二小時不說話耐久賽。不用說，最後當然是由我獲得勝利。

我進入時光隧道，閉上嘴巴不再說話。小町這時想起什麼，「咚」地拍一下手。

「對了，差一點忘記。來，這個。」

她遞給我一個白色的東西。這是內褲嗎？不對，是一張紙。如果她真的給我一件內褲，我也不知該如何是好。呃，我的意思是說……要是她真的給我一件內褲，我的腦筋還得跟嘴巴賽跑，思考該做出什麼反應。

好在我的妹妹再怎麼呆，起碼區分得出內褲與紙片。她交給我的，是女生特別喜歡摺的特殊形狀紙片。她們喜歡摺成菱形或小人形狀，利用上課時間到處傳來傳去。我不禁想起自己念國中時，總是擔心紙條裡會不會寫滿自己的壞話，還在不知情的狀況下幫忙傳遞，要是待會兒教室後方傳來竊笑聲該怎麼辦……所以在此奉勸大家，不要再玩這種摺紙了。

我打開小町給的紙條，縱橫無盡的少女字體赫然映入眼簾，東一片粉紅色，西一片亮黃色，我有如受到一記獸王會心擊（註29）。

註29「勇者鬥惡龍——達伊的大冒險——」中，魔獸軍團團長獸王古洛單伊的特技，日文發音與「縱橫無盡」相似。

小町推薦的伴手禮清單！

第三名：生八橋（註30），元祖或本家或本鋪或總本店或其他什麼都可以。

第二名：優佳雅吸油面紙（媽媽的份也順便一下）。

第一名：廣告過後揭曉答案！

……這種賣關子的方法真教人火大。

「第一名到底是什麼……」

「第一名是聽哥哥聊畢業旅行的美妙回憶。」

她笑咪咪地回答。真是個鬼靈精，但是好可愛……

「京都有很多可以結緣的神社，記得去結個緣喔！」

「妳不需要操這個心，快點去用功！」

「是～～那麼，幫小町跟大家問好。」

「知道了。」

為什麼我得去的地方變多了……無妨，生八橋那種東西，車站不太可能不賣；優佳雅吸油面紙的名氣響亮到連我都知道，所以在車站應該也買得到。

所以，剩下要去的地方是……

……順便去找保佑學業的神明拜一下吧。

註30 三角形片狀甜點，中間包餡，是京都名產。

5

誠如所見，由比濱結衣非常努力

各位觀眾大家好！我是八幡！今天我要出發去東京！

我跳上電車，一路往東京去搭新幹線。

我起了個大早，準備提前出門，見到準備去上班的父母，他們還在小町的伴手禮清單上追加各自要的東西。可是老爸，我還沒有成年，即使只是幫忙跑腿，一樣買不到酒，所以你交給我買日本酒的錢，我就收下了！

千葉與東京距離不遠，堪稱離東京最近的縣。換句話說，千葉是距離首都最近的縣，等於是「準首都」。這樣一想，千葉不是幾乎等於首都嗎？超棒的，千葉棒到爆！

搭乘總武快速線，可以「咻」一下直達東京站，中途不用換車，另外還有京葉線可供選擇。超快的，千葉快到爆！

然而，總武快速線跟京葉線的月台，在東京站受到的冷落也不是蓋的。總武快速線的月台埋在地下不知多少層，深到令人懷疑是不是要去挖石油；至於京葉線的月台，同樣偏僻得令人懷疑這裡到底是不是東京站。超遠的，千葉遠到爆……

要搭乘新幹線的話，到品川站雖然稍微遠一點，但至少比較方便。

東京竟然離千葉這麼遠，那裡是有多鄉下？東京是鄉下的話，更遙遠的京都豈不是祕境？

我從住家附近的車站搭區間車，在津田沼站換搭總武快速線。

停在月台上的列車正準備出發，我匆匆忙忙地跑進車廂，在車門關上之際「呼……」地喘一口氣。好在有趕上……我抬起頭，結果和一對澄澈得有如冰晶的藍色眼睛對上視線。

「……」

「……」

我們面面相覷。

對方慌張地看向窗外，黑中帶青的馬尾跟著搖晃。

川崎沙希——我終於想起她的名字，在心中默念一次。

對喔，印象中我們住得滿近的。我們家之間被國道隔開，所以國中時被分到不同學區，不過離我們家最近的車站是相鄰的，因此轉乘總武快速線時，一定會在同一個車站換車。

「……」

川崎把視線瞥過來觀察我，我們再度對上眼，她又立刻別開眼睛，看向窗外。

到底是怎麼樣……

我錯過打招呼的黃金時間，但如果選擇離開，又有種投降輸一半的感覺。我就這樣被釘在原處，動彈不得。

到達東京前的四、五分鐘，我跟川崎只能各自靠在門口兩側。

一踏上東京站的月台，我便在人潮裡認出穿著本校制服的學生。

大家似乎是相約一起來這裡。呵，竟然不敢自己來東京，你們是住在鄉下的土包子嗎？喂喂喂，跟我看齊一下好不好？本人可是一個人來的喔！我有沒有機會就這樣留在東京追夢，然後聲名大噪？

經過一段長得彷彿永遠沒有終點的樓梯，終於回到地面，但這裡仍然是在室內，所以看不到太陽也看不到藍天更看不到星星與月亮……好一片水泥叢林。

有如乾涸水泥叢林的大都市裡，充滿密密麻麻的人。我已經開始懷念千葉，好想回家……

我在洶湧的人潮中載浮載沉，被運往新幹線的搭乘處。在人潮中，我一點一滴地被改變，不禁懷疑，自己會不會時時被遠方的你指責（註31）。新幹線那裡早已聚集眾多本校學生，使原本便很擁擠的東京站更讓人不快。在

註31　出自松任谷由實原唱的「畢業寫真」歌詞。

這麼多人的車站裡，我仍是獨自一人。用英文來說，即為HATCH BOTCH STATION（註32）。

「八幡！」

一大群學生中，傳來某人呼喚我的聲音。在全年級的學生裡，幾乎沒有人叫我「八幡」。說得更精確一些，連正確念出「比企谷」這個姓的人數都趨近於零。

此時此刻，親近地直接以名字稱呼我的人……

「八幡……京之都乃吾靈魂之故鄉，可真令人懷念。嗚呼啦嗚呼啦（註33）！」

……對喔，這個傢伙也會直接叫我「八幡」。

材木座一邊發出詭異的咳嗽聲，一邊往這裡走來。

「什麼事？」

「唔嗯，我怎麼可能有事找你？我不過是因為早早把NDS玩到沒電，才開始尋找下一個打發時間的方法。」

「是喔。喂，你的行李真大，是打算鑽進深山裡嗎？」

材木座背著一個塞得滿滿的大鼓袋，真不曉得裡面裝了什麼。

註32「HATCH」同日文「八」的發音，「BOTCH」同日文「獨行俠」的發音，整句音近過去NHK電視台的兒童節目「ハッチポッチステーション」（HATCH POTCH STATION）。

註33 此處原文為「ルフランルフラン」，來自法文「refrain」。高橋洋子有一首歌名為「魂のルフラン（魂之輪迴）」。

他拍拍背後的袋子，用中指把眼鏡往上推。

「喔，我準備去鞍馬山修練一下劍術。」

「鞍馬山？位置的確有點偏僻，滿會挑的嘛。」

事實上，鞍馬山同樣算是熱門景點，但那裡稍微遠離京都市區，因此要想在短時間內看遍各個地方，恐怕會有困難。

「唔嗯唔嗯。雖然不是我所決定，跟天狗修行倒也不失一番樂趣。」

「你還打算去貴船嗎？好吧，就某方面來說，不用自己決定也挺自在的，我覺得很好。」

「是啊，這符合我的期待，世間也有所謂讓人想實際造訪的夢幻商店……話說回來，你是不是該挑我的設定吐槽？不然很沒意思。」

材木座噘起嘴巴表達不滿。可是，吐槽你的中二設定根本沒半點用，直接無視還比較快，我才不會好心到幫你吐槽。

「可以去想去的地方不是很好嗎？機會難得，好好玩吧。」

「唔嗯，那麼八幡，你打算去哪裡？」

「我啊，說來話長，第三天還沒決定要做什麼。」

「第三天自由參訪日？嗯哼，你可以跟我一起去夢幻商店購物。」

「也是可以啦……」

儘管不怎麼想跟材木座一起行動，我倒是對購物本身有些興趣。可惜第三天已經安排侍奉社的活動，現在先不要答應其他邀約比較好。

「差不多要到集合時間了（註34）。」

「確實是獨行俠無誤……唔嗯，好啦，我們京都再會。」

「呃，我想我們應該碰不到面……」

跟材木座道別後，我開始尋找F班的同學。

若無其事地待在一群人的外圍，便像是隸屬那個團體。我轉頭看看四周，在一個吵吵鬧鬧的角落發現熟面孔。

是葉山他們。

所以，F班準是在那裡不會錯。

葉山等人位於核心，外圍零星散落幾個小團體。我現在要做的，即是默默待在最外圍。發動影技的時候到了，這個技能的效果，是讓周遭人察覺不到自己，但最近似乎是等級提升的關係，又多出「總覺得每次注意到那個傢伙時，他已默默出現在附近」的追加傷害。從他們知道我的存在這點，可明顯得知我的氣場總量在增加當中。

終於，集合時間到來。

原本到處散開的學生們在瞬間聚攏，排成整齊的隊伍。

以班級為單位點名後，接著是入場、行進。現在是要參加運動會嗎？

註34 原文的「差不多」為「ぼちぼち」，音近獨行俠（ぼっち）。

再來還要以小組為單位點名，確認人數。到了這個時候，我總算得以和自己的組員戶塚相逢。這就是宇宙相逢篇（註35）！

「八幡！」

直接用名字稱呼我的人，這次一定不會錯的……多麼治癒人心的聲音啊……

「早安，戶塚。」

「嗯，早安，八幡。」

我跟戶塚互相打招呼，簡短交談幾句，並且跟隨小隊來到新幹線的乘車月台。我們要搭的列車已經進站。

所有學生魚貫進入分配給各班的車廂。

新幹線的座位頗為奇特。每一橫排有五個座位，五個座位又隔著走道分成一邊三個、一邊兩個。碰到四人一組的畢業旅行，這種拆法立刻顯得很尷尬。如果一邊各坐兩個人，還沒什麼問題；萬一是三人組外加一個獨行俠，則變成三人組擠在其中一邊，剩下的獨行俠坐在另一邊，隔著走道跟他們遙遙相望；再不然，也可能從三人組中選一個倒楣鬼，以「照顧」之名坐到獨行俠隔壁。前者把落單的人撇到一邊，反而讓獨行俠樂得輕鬆；但要是硬被塞一個人過來，將會發生整段路程籠罩著沉默的情況，到後來，被塞過來的倒楣鬼再也忍受不了，索性隔著走道跟原本的同伴聊天，導致最後誰都不快樂的悲慘結局。

註35 出自PS2遊戲「機動戰士鋼彈：宇宙相逢篇」。

面對專門製造悲劇的交通工具——新幹線，這次的畢業旅行，我們將以什麼樣的座位分配應對？

我、戶塚、葉山、戶部。

以這四個人而言，兩個兩個坐是最好的選擇。

然而，別忘記現在是畢業旅行，是屬於整個班級的大事，其中會牽涉各種複雜的因素。正確的規則，是先觀察某個人挑選哪個座位，其他人再依序決定各自的座位。儘管所有人都搭上車，大家卻你看我、我看你，無法決定要怎麼坐。現在的情況有點像「這場比賽，誰先動誰就算輸」。

「哇～新幹線跟飛機這種東西，真的超讓人興奮啦～」

列車出發前，車廂內一片吵嚷。戶部走在走道上，不斷東張西望。

「我沒搭過飛機。」

「我是第一次搭新幹線。」

大岡與大和跟在後面，同樣興奮地聊個沒完。那幾個人在車站時，便一直聚在一塊，現在才會自然而然地一起進來。他們後面還跟著兩個同一小組的男生。

接著走過來的是三浦、由比濱、海老名、川崎這個三加一的好朋友團體。

「我要坐窗邊。」

金色長鬈髮開口指定自己要坐哪裡，棕色丸子頭收到指示，開始安排座位。

「那我坐走道旁邊。姬菜，妳們要怎麼坐？」

聞言，黑色短髮鮑伯頭稍微考慮一下，又把問題丟給長馬尾。

「嗯……沙沙，妳覺得窗邊跟走道……哪一個才是受？」

「我坐哪裡都……啥？」

川崎無法理解自己聽到什麼，因而僵在原地，海老名則是口水都快滴下來。

「海老名，妳把嘴巴閉上。」

三浦用力把海老名的下顎往上推，由比濱面帶苦笑在一旁看著。

到了畢業旅行，那四個女生依然跟平常一樣對話。川崎，恭喜妳交到朋友，哥哥很欣慰喔。

葉山看大家遲遲決定不了座位，自顧自地用冷靜又清晰的聲音開口：

「隨便挑個座位坐不就好了？反正中途隨時可以換。」

他說完，就近挑選中間排的三人座，坐到靠窗的位子。

「也是啦。」

戶部隨後坐到他隔壁。

「那麼，我坐窗邊。」

三浦將座椅轉到反方向，坐到葉山的正對面。不愧是三浦，不管別人怎麼想，直接選擇自己想坐的地方。

「結衣、海老名，來吧。」

她翹起長腿，如同大小姐似地靠上椅背，拍拍自己隔壁的空座位。那是什麼邀請方式？雖然很自然也很帥氣。

「優美子坐那裡，戶部坐那裡，嗯……」

由比濱發出只有自己聽得見的聲音陷入思考，但是在她得出結論前，先被海老名從後面推一把。

「好啦好啦，結衣坐那裡，我坐這裡。」

「啊，姬菜！」

海老名又馬上握住川崎的手，不給由比濱抱怨的機會。

「川崎坐我的對面～」

「不，我去找其他地方……」

川崎搖搖頭，不想跟那些人坐在一起。只不過，海老名一把川崎的手拉過去，她便乖乖坐下。想不到只要對方強硬一點，川崎便無法拒絕。

「沒關係沒關係～♪」

海老名堆起笑容，以半強硬的手段決定所有人的座位。結果，三浦、由比濱、海老名在同一側，跟葉山、戶部、川崎三人面對面，六人組於焉成形。

川崎不情不願地坐到戶部隔壁，立刻擺出臭臉，把手肘撐在扶手上，托著臉頰開始睡覺。我說啊，戶部有點被妳嚇到，麻煩妳對他友善一點，不然，戀愛喜劇的氣氛真的會蕩然無存。

大岡跟大和觀摩過葉山組的坐法後，跟他們組的成員分坐走道兩旁。

接下來，班上其他同學也決定好各自的座位。

正當我看著這一切時，有人輕拉一下我的袖子，原來是戶塚。他四處觀望好一會兒，才抬頭看過來。

「八幡，我們要坐哪裡？」

我面對他稚氣可愛的眼神，不好意思地別開視線，順便趁這個機會觀察車廂內的情況。

「嗯……」

按照過去的慣例，每到這種時候，孤傲的獨行俠總會迅速窩到最角落，使其他人不敢靠近一步。然而，這次座位先被其他人占據，我只好靜觀事情發展，撿最後剩下的地方。

由於葉山在一開始便坐到中間排，大家跟著擠到那一帶，所以空位大多集中在車廂的前後兩端。

「……前排好像比較空，坐那邊吧。」

「嗯，好啊。」

我往前排移動，戶塚不疑有他地跟過來。看他那麼天真，哪天被壞人盯上也不奇怪，我得保護好他才行——我暗自下定決心，走向前排的三人座位。

最前排的位子已經有人，於是我們稍微退後幾排，把行李放到頭頂的置物架上。我沒有多少行李，所以架上還有很多空間，而且不管是一件行李或兩件行李，放上置物架需要的勞力都差不多。

「喏。」

我把手伸向戶塚，要幫他把行李放上去。戶塚疑惑地歪頭想一下，才怯生生地伸出手，然後不知為何握住我。

他的手好小、好柔軟，還好滑嫩……

「啊，不是這個意思，我是說行李……」

我不是要你握手，真是的。好柔嫩，好舒服喔……

「啊！對、對不起！」

戶塚發現自己會錯意，連忙把手抽回去，垂下羞得通紅的臉對我說「麻煩了」，並把行李交給我。

我接過他的背包，放上置物架。好想也把戶塚抱起來……老闆，我要打包～♪

戶塚仍為自己會錯意感到丟臉，我催促他坐到窗邊，自己也坐到座位上。

列車出發的鈴聲正好響起。

真是旅行的好日子！

× × ×

我突然睜開眼睛。

今天大概是特別早出門的關係，我不小心打起瞌睡。

我伸一下懶腰，聽見隔壁靠走道的座位傳來咯咯輕笑。

「睡太多囉。」

「唔喔！嚇死人……」

意想不到的人對我說話，嚇得我整個身體跳起來。

「那是什麼反應，超失禮的……」

由比濱不悅地瞪我。

「哪有？一醒來就突然被搭話，任誰都會嚇到。」

被人看到自己的睡相真的很丟臉，拜託別再看了。我下意識地摸摸嘴角，檢查自己是否睡到流口水。

由比濱見我的行為滑稽，又呵呵地笑起來。

「不用擔心，你的嘴巴有好好閉著，也沒發出聲音。」

那就好……不對，一點都不好，丟臉死了。

話說回來，為什麼她坐在這裡？我身旁不是早就決定好是戶塚嗎？

我起身尋找，發現戶塚坐在我隔壁的靠窗座位熟睡。

然而，他似乎被我的聲音吵醒，發出「唔……」的低吟聲，輕揉一下雙眼。

可惡！看我幹了什麼好事！好不容易遇到這種狀況，我應該偷偷摸摸地在戶塚的左手無名指套上戒指，等他睡醒揉眼睛的時候發現戒指，我再趁機求婚，一鼓作氣讓「女朋友睜眼的那一刻——鑽石恆久遠，一顆永留傳」大作戰成功才對！真是太失策了，比企谷八幡！你害自己痛失步上紅毯的大好良機！

戶塚捂住嘴巴打一個呵欠，眨眨眼睛確認目前的狀況。

「……抱歉，我不小心睡著了。」

「沒關係沒關係，可以再多睡一下，到的時候我會叫你。啊，要不要借肩膀給你靠？」

只要你希望，我連大腿跟手臂都願意出借。

「不、不需要啦！八幡也睡一下沒關係，我、我一定會叫你。」

哈哈哈，戶塚真是可愛，讓他叫我起來，我身體的另一個部位會跟著起來喔。

由比濱看我跟戶塚濃情蜜意，討論到底要不要再睡一會兒，或是乾脆一起睡，無奈地嘆一口氣。

「你們兩個都睡太多了。畢業旅行才剛開始就這樣，接下來是要怎麼辦？」

「有道理，我們應該要開心地玩。」

戶塚聽由比濱這麼說，開始打起精神。她說的沒錯，今天才第一天，還不是累得睡到不省人事的時候。

話雖如此，由比濱本人倒是先露疲態。

「那妳又是怎麼回事？那邊發生什麼事嗎？」

由比濱喪氣地說道：

「那邊啊……優美子跟隼人同學還是那個樣子，跟平時沒什麼不同……可是，川崎同學一直擺臭臉，讓戶部怕得完全不敢說話。」

「這樣啊……海老名呢？」

「姬菜感覺也跟平常一樣……不對，畢業旅行好像讓她特別興奮，所以狀況比平常嚴重。」

嗯，好，聽她那樣說，我大概瞭解了。

川崎應該不喜歡戶部那種聒噪的傢伙，戶部又是個膽小鬼，肯定很怕一副不良少女模樣的川崎，他真可憐。更悲慘的還在後頭：他這次旅行的重點——海老名，簡直是如同死星一般的要塞，戶部沒有原力，根本不可能突破（註36）。

一開始選座位的階段便走錯步，看來在前往京都的新幹線上，不用期待有什麼重大進展。

即使換到不同於平常的環境，如果聚在一起的人們維持固有的相處模式，依然不會有什麼改變。必須重整的不是環境，而是人際關係。

「如果能製造只有他們兩人獨處的機會就好了……」

「即使製造只有他們兩人的環境，八成也不會有什麼結果。」

「也是……」

註36　出自電影「星際大戰」，死星（Death Star）是電影中虛構的太空要塞，最後被擁有原力的路克・天行者破壞。

在一旁聽我們對話的戶塚，這時拍一下手。

「啊，你們是說戶部同學？」

「咦，小彩你也知道嗎？」

由比濱露出訝異的表情。

「嗯。暑假在千葉村時，我曾聽他提過。」

「這樣啊。哎呀～我是在不久之前受到他的委託，想說他們能順利交往的話該有多好。你如果有什麼辦法，要不要也來幫忙？」

「嗯，如果我幫得上忙的話。我也希望他們可以順利交往！」

雖然戶塚帶著笑容答應，然而，這個委託的難度恐怕很高。

我不會主動希望某人得到幸福，但也不會壞心眼地等著看人不幸。對於討厭的傢伙，我多少會在內心祈求讓他們吃一些苦頭，不過，我對戶部是不至於厭惡到這個地步。

可是，看著由比濱在一旁沉吟苦思，我覺得自己也該跟著動腦筋。

我們三人各自盤手陷入思考，沒過多久，戶塚輕輕發出「啊」的一聲。

「你想到什麼嗎？」

他指向窗外。

「八幡，你看，富士山！」

「喔？我看看，已經到這裡啦。」

「從你的位子應該看不太清楚吧?」

戶塚整個人貼在玻璃窗上朝我招手，要我靠近一點看。於是，我接受他的好意，把身體湊過去。

戶塚的臉近在眼前，他為了讓我靠近窗戶，在狹窄的空間裡勉強扭動身體，把臉轉到一旁，斜眼看向富士山，也宛如在向我送秋波。在不自然的姿勢下，他吐出一口氣，使玻璃窗上浮現一片白霧。

喔~這就是富士山啊……我的富士山也快要……

我的富士山即將爆發之際，由比濱把我的肩膀往後按。

「啊，我也要看!」

由比濱把手放到我的背上，形成被我背著的姿勢。

她毫無預警地撲上來，令我感到一陣寒意。隨著她的動作，淡淡的香水味跟著飄過來。

小姐，身體上的接觸已經犯規囉……

但我無法冷靜地撥開她的手，或把身體挪到一邊，只能維持現在的姿勢。

「……」

不知由比濱是否看景色看得出神，安靜了好一陣子，我只聽到她微弱的呼吸聲。

「哇~富士山好漂亮!嘿咻~」

她滿意之後，總算離開我的背，坐回自己的位子。

「謝謝你囉！」

「……喔。」

我表面上裝得沉著，事實上，心臟到現在還撲通撲通狂跳。她為什麼會做出那種行為？聽好了，即使那種舉動沒什麼意思，也足以讓大部分的男生誤解，最後落入萬劫不復的深淵。明白的話，往後麻煩妳隨時提醒自己以下幾點：「不跟男生有身體上的接觸」、「不在下課或放學時間坐在男生的座位上」、「忘記帶東西時，也不要找男生借」。

此刻，我的臉說不定漲得通紅。為了掩飾，我看向由比濱，準備念她幾句。

「我說……」

「啊，我差不多該回去了！」

她還沒說完便猛然起身，匆匆忙忙地回去原本的座位。

被她逃掉了嗎……總覺得有些懊悔、有些不耐、有些麻煩、有些遺憾，但又有一點放心。

我暗自嘆一口氣，把混亂的情感排出體外。

這時，我的懷裡傳來小鳥般的聲音。

「那、那個……八幡，你可以起來了嗎？」

仔細一看，我到現在還處於把戶塚推倒的姿勢。戶塚似乎不太好受，眼眶開始泛淚。

「哇！抱歉！」

我趕緊跌坐回自己的位子上，背部因此狠狠撞上扶手。

「痛～～」

「哇！你還好吧？」

「沒事、沒事……」

我揮一下手，告訴戶塚不用擔心，並且揉揉撞到的地方。仍殘留著某種溫熱感的背部，與其說是撞上扶手而感到疼痛，不如說有種癢癢的感覺。

× × ×

新幹線從東京出發，大約兩小時後抵達京都。

我們走下列車，在竄上肌膚的寒意中，走向遊覽車乘車處。

進入深秋，京都的溫度降低許多，接下來還會更冷。

這裡屬於盆地地形，夏天燠熱，冬天寒冷。但是，如果換個角度思考，由於寒暖時節的強烈落差，因此為京都的四季帶來不同美景：春天可以欣賞滿山遍野的淡紅色櫻花；夏天可以坐在鴨川畔納涼，順便欣賞茂密的綠蔭；秋天可以飽覽將山頭染成火紅的楓葉；冬天則有在風中飛舞的雪花，以及堆滿白雪的山脈。

我們造訪的這個時節，正是楓葉季的尾聲。再過不了多久，便會降下一粒一粒的白雪。

根據今天的行程表，接下來要去參觀清水寺。

各班陸續搭上各自的遊覽車。

大家在遊覽車上的座位，跟在新幹線上大同小異。葉山跟戶部坐在一起，同一列還有三浦跟由比濱，往前一排是大岡、大和、川崎以及海老名。其實，他們怎麼坐都不重要，我最在意的還是能不能跟戶塚比鄰而席。

照這樣的座位看來，戶部不太可能在遊覽車上跟海老名有進一步發展。遊覽車跟新幹線不同，在車上沒辦法隨時換位子，而且從車站到清水寺的路程非常短，願意多花一點時間的話，甚至可以直接走到，若是搭遊覽車當然更快。

車子在市區內行進，轉個彎後，坡道出現在眼前。

這裡的停車場占地很廣，停了許多其他旅行團的遊覽車。我們的車加入它們的行列，接下來便要下車，徒步爬上三年坂前往清水寺。

雖然楓紅最壯麗的時期已過，但清水寺一帶畢竟是京都數一數二的熱門景點，因此遊客數量幾乎沒有受影響。

首先，所有人要在仁王門前拍團體照。非常遺憾，這是強制參與的活動，我完全無法迴避。大家有朋友的跟朋友擠在一塊，沒朋友的獨行俠只能在此繼續尋找自己存在的意義。

獨行俠拍團體照時站的位置，大致可以分成三種。

第一種稱為「距離戰術」。

「距離戰術」非常簡單，很適合初學者使用，但是千萬不要小看這個方法。正因為單純容易，威力也相當驚人。具體做法如下：跟班上同學保持一個人半左右的距離，利用中間的隔閡確實給予敵人傷害。這裡指的敵人，主要是翻開畢業紀念冊的父母，還有將來回顧求學生涯的自己。我個人建議一拿到畢業紀念冊或團體紀念照，最好立刻銷毀。可是，如果銷毀得不夠徹底，例如只是塞進家裡的垃圾桶，之後可能被老媽找到，並且瞞著你保管起來，以多種層面來說，都是讓人想哭的下場。所以使用「距離戰術」畫清界線時，要注意伴隨而來的高風險。

第二種稱為「游擊戰術」。

鑽進興奮得瘋瘋癲癲的同學之中，將嘴角上揚到不自然的角度，擠出法令紋清楚可見的死人般笑容，假裝自己跟大家混得很熟。如果單純為了在拍照時把自己偽裝成非獨行俠，這種方式確實非常有效，但副作用是拍照前後的沉重心理負擔，還可能產生在背地裡被說「那個人只有在拍團體照時才會靠過來（笑）」的後遺症。

第三種稱為「近身戰術」。

不管怎樣，先把跟同學的距離拉到最近，最好是零距離地貼在一起。這會使自己處於某人的陰影下，或是被前排的人遮住一部分，不過多少還是認得出自己，不至於從照片中完全消失，所以能多少留下印象，即使老媽看到了，也不會為兒子擔心。何況，照片中的自己不完整，也有一種殘缺之美。注意事項：要是碰上細心的攝影師，他可能會說：「啊～那邊那位，你被前面的人擋住了，稍微離他遠一點～」

這次，我採用「近身戰術」，挑選適當位置。唔，躲在身材魁梧的大和後面，應該是不錯的選擇。

我切入同學之間，進入大和的陰影下，在被前排略微擋住的位置站定位。

一連拍完幾張照片後，團體照這關算是平安通過，接下來進入以班級為單位的參訪行程。

爬上石梯、通過正門後，高聳的五重塔使我大為震撼；再望向下方的京都街景，我忍不住發出讚嘆。

清水寺的參拜入口，早已擠滿先一步到達的學生和觀光客，現在得等上一段時間才進得去，團體票入口也有好幾個班級在排隊。

我乖乖排在隊伍裡發呆，這時，有人對我搭話。

「自閉男。」

由比濱離開隊伍，走到我旁邊。

「什麼事？趕快回去排好，小心被隊伍丟下。人生就是這個樣子。」

「太誇張了吧……反正隊伍在短時間內應該不會前進。我發現一個有趣的地方，要不要去看看？」

「之後再說。」

我沒有優秀到可以同時處理兩件事，個人偏好先完成正在進行的工作，也可以說是純粹把不喜歡的事情拖到後面。

「唔～」她對我的回應不太高興，稍微瞪我一眼。「……你忘記我們的工作嗎？」

「旅行時的確很想把工作忘掉……」

很不幸的，由比濱不可能聽進我這懇切的願望，她抓著我的外套往外走。

「快點快點，我連戶部跟姬菜都找好了！」

我被拉到一間距離參拜入口不遠、規模偏小的佛堂。

這裡其實就在正門後沒幾步路的地方，但大概是風采都被本堂奪去的緣故，我進來時才沒有注意到，現在看起來也不覺得有什麼特別。真要說的話，京都到處都是寺廟神社跟佛閣，要是外觀不特別突出，很難讓人留下印象。

這裡跟其他寺廟神社的唯一不同之處，是有一個吆喝著招攬遊客、威嚴十足的大叔。

據說在漆黑的佛堂裡參拜一圈，亦即所謂的「胎內巡禮（註37）」，可以得到神明保佑。

如同由比濱所言，海老名跟戶部已經來到這裡，一邊聆聽大叔講解，一邊「嗯、嗯」地點頭。另外，三浦和葉山也在場。

「為什麼他們也來了？」

註37 這裡是指供奉大隨求菩薩的「隨求堂」。隨求堂的地下室被視為菩薩的胎內，沒有任何燈光，參訪者只能靠牆上的念珠摸黑前進。

我用他們聽不到的音量詢問，由比濱湊到我耳邊悄聲回答：

「只找那兩個人來的話，不是很奇怪嗎？」

「嗯……有道理。」

只有那兩個人的話，不但戶部會緊張，海老名更有可能起疑。

「快點快點，我們走吧。」

在由比濱的催促下，我脫掉鞋子，支付一百圓的入場費。進去參拜還要付費啊？

我往樓梯底下窺看，的確很暗，如果ＲＰＧ遊戲裡的迷宮真實存在，八成是這樣的感覺。

「那麼，優美子跟隼人同學，你們先走，我們最後一組。」

「現在沒有多少時間，最好不要間隔太久。」

葉山以非常合乎邏輯的思路，對由比濱的提議提出意見。沒錯，他說的完全合情合理，畢竟我們是脫隊跑來這裡。嗯，很有道理，可是，如果真的要照道理思考，我們應該晚一點再過來慢慢參觀……以葉山的程度來說，他的答案稱不上一百分，不過大家沒有多說什麼。

「嗯，有道理。」

海老名也同意。討厭啦～怎麼好像只有我一直在注意葉山？超丟臉的！

「是沒錯啦，但我看繞一圈不用多久，應該沒有關係吧。你們覺得呢？」

海老名盤起雙手，陷入猶豫；戶部把長髮往上一撥，愉快地笑著這麼說。

「也是啦，不過最好還是趕快回去。」

葉山苦笑著答應，三浦便抓起他的手。

「那麼，趕快出發吧，隼人。感覺很有趣呢！好啦，我們先出發！」

三浦跟著葉山一起走下樓梯。

「哇，底下這麼暗，感覺反而更興奮耶！」

「嗯～～啊，黑暗……葉山應該跟比企鵝同學一組才對……」

海老名留下讓人放心不下的話，跟戶部第二組進入胎內。好險……好險我有跟葉山保持距離……

「我們也出發吧。」

「嗯。」

我們最後走下樓梯。轉過轉角，光線立刻微弱許多，再往前走幾步路，便進入伸手不見五指的黑暗。

我不敢放開念珠狀的扶手，要是少了它，我將頓失距離感，連方向都分不清楚。胎內漆黑到睜開和閉著眼睛完全沒有差別，深淵內的黑暗想必是如此。我每一步都走得搖搖晃晃，而且不忘先確認前方有地板。這模樣肯定很像企鵝走路。

眼睛在此刻發揮不了作用，因而其他器官提升靈敏度做為補足。

前方幾步處，傳來三浦等人的聲音。

三浦不斷發出囈語，聽起來像在念佛，令人感到格外恐怖。

「……天啊，好暗好暗好暗超暗的！天啊天啊。」

「真的很暗。」

接著是葉山的低語。不知他是對三浦的話表達同意，或者單純說出自己的感想。

「哇～～好猛～也太暗了吧！這麼暗真的超有fu！」

戶部大呼小叫個沒完，大概是想藉此壯膽，另一個人隨口應一聲「是啊」。我本來還在想是不是妙蛙種子的叫聲（註38），但其實是海老名的回應。

變得敏銳的器官並非只有耳朵，觸覺同樣越來越靈敏。

我在黑暗中摸索著往前走，感受靜謐的氣氛。

由於進入地下室前先脫掉鞋子，地面的冰寒直接竄上腳底板，使我瞬間打一個哆嗦。這不單純是因為低溫的緣故，另外還包含本能的恐懼。眼睛看不見、雙手摸不到、內心無法明白、大腦無法理解，皆讓人感到恐懼和不安。

在不甚習慣的感覺中，我握著一顆一顆做為扶手的大念珠前進。忽然間，某個溫熱的東西落到手上，我有點嚇到，頓時停下腳步。接著，後面有東西撞上來。

「哇！啊，抱歉，這裡實在太暗了……」

是由比濱的聲音。一片漆黑中，她摸著我的背部和手臂，確認我的位置。

「抱歉抱歉，我也因為太暗，才……」

註38　原文的「是啊」為「だねー」，與妙蛙種子叫聲的發音相同。

大家處在完全的黑暗中，發生這種狀況也不好多說什麼。無明之闇（註39）會引發人們的不安，這種時候揪住別人的衣服、握住別人的手，都算是緊急應變方式，所以我決定別多問。這根本不算什麼，反正我不久之前也跟小町握過手，我、我我我超從容的，一一一點也沒有放、放在心上。

「你那麼安靜，我還以為你失蹤了。」

「我平常不就跟失蹤沒什麼兩樣？」

多虧如此，我的經驗值才這麼高，也順便把敏捷度跟精神防禦力練得超高，方便自己在放學後趕快回家。

我隨口開一個玩笑，黑暗中傳來有些顧慮、不知是失笑還是苦笑的聲音。

我們繼續前進，但是，掛在我外套上的重量遲遲沒有消失。

轉過好幾個彎，一片漆黑的視線範圍內出現某種東西。

那是發出微弱光芒的照明，一塊石頭被燈光照亮。

走到那塊石頭前，我才看清楚由比濱的臉。

「好像是要一邊轉這塊石頭，一邊許願。」

「嗯。」

我沒有特別想許什麼願，真要說的話，大概是收入穩定、家人過得平平安安，以及身體健康。這樣一想，願望其實還不少。

註39「無明」為佛教用語，是「煩惱」的別稱。

可是，向神明許這麼實際的願望，總覺得哪裡怪怪的。物質上的事物可以憑自身努力取得，所以，應該祈求自己無法得到的東西。

更重要的一點在於，可以透過什麼管道取得的東西，也有可能透過某種管道被奪走。

「你決定要許什麼願了嗎？」

我無謂的思緒被由比濱的聲音打斷。

「嗯。」

儘管嘴上如此回答，但我其實沒有想到什麼。不然……乾脆祈求小町順利上榜吧。

「那麼，我們一起轉。」

我們用旋轉中式餐桌圓盤的方式轉動石頭，由比濱緊緊閉著雙眼，神情相當認真。

轉完石頭後，她還拍兩下手，但那是參拜神社的禮儀，傻瓜。

「好，走吧！」

不知為何，由比濱露出精神飽滿的表情，推著我再度進入黑暗。

這塊石頭似乎是胎內巡禮的尾聲，我們往前走幾步路，便看到微微發亮的出口。

從樓梯灑下的光線，真是教人懷念。

走在我們前面、重新見到光明的人，也安心地鬆一口氣。

大家爬上樓梯、回到外面後，不約而同地大大伸一個懶腰。

「怎麼樣？是不是覺得自己脫胎換骨啦？」

坐在櫃檯的大叔操著關西口音問道。

「哎呀~真是超舒爽的！這樣算是脫胎換骨嗎？」

戶部真敢說，我看你進去前跟進去後根本沒有不同。

我看一下時間，發現沒有經過多久，頂多只有五分鐘左右。

我不會天真到以為這樣即可脫胎換骨，即使去印度旅行，或是去攀登富士山，也不可能使一個人改變。假設真的有所改變，但從過去累積至今的一切，早已成為定局，不論發生多大的心態轉變，如果扭轉不了周遭對自己的評價以及過去的失敗，依然不會有什麼不同。

人生即為一段歷史，在世的時間與累積的經驗會造就一個人。想脫胎換骨的話，便得將一個人的歷史消滅殆盡。然而，這種事是不可能辦到的，因此，我們無法指望自己脫胎換骨，只能忍受腿上的傷口、背負犯下的過錯，永永遠遠走下去。

人生沒有「重新來過」的選項。

到目前為止，戶部究竟遇過多少失敗？如果他遇過的失敗跟我一樣多，還能保持積極正面的態度，那麼的確值得尊敬。

但是，我覺得不太可能。

不對，應該說我希望如此。我不想看到那麼輕浮的傢伙留下什麼心靈創傷，或是變成莫名其妙的思考模式；也不想看到他熬過那些困境，然後露出吊兒郎當的笑容，變得有點帥氣……

「啊，糟糕！大家可能都進去了！」

由比濱望向清水寺的團體入口，著急地說道。

「我看還早吧？」

不，事情恐怕沒有戶部說的樂觀。縱使從遠處看過去，也能知道一大群穿著黑色制服的學生開始緩緩移動。

「總之，快點回去！」

在由比濱的催促下，我們快步跑回去，排進隊伍。

× × ×

我們勉強趕上，跟著F班同學進入本堂。這裡供奉的是出社大黑天，另外還有鐵鞋、錫杖等的展覽物，但因為參觀人潮眾多，看來是無緣摸上一把。

再往前走便是清水舞台。

清水舞台不愧是清水寺最熱門的景點，這裡除了拍紀念照的學生，還擠滿一般遊客。

「哇，好漂亮……」

由比濱靠上欄杆，發出讚嘆。從這個地方眺望，可以飽覽染成一片楓紅的群山，以及京都市區的街景。我不禁想像，眼前的景色在千年以前又是什麼樣子？京都市區一帶想必是大不相同，不過這種居高臨下的暢快感，在哪個時代應該都一樣。既有永保不變的事物，又有與時俱變的事物——京都正是這樣一座城市。

我多少有些理解，畢業旅行要選擇這裡的原因。

我出神地欣賞美景，這時，一旁的由比濱開口：

「啊，對了，我們來拍照！」

她匆匆從口袋掏出傻瓜數位相機，粉紅色的小巧機身跟她很搭配。

「拍照？好啊，相機給我。」

「咦？」

由比濱一臉納悶，但還是把相機遞過來。我後退幾步，舉起相機，將鏡頭對準由比濱。

「來，說『花生』——」

我按下快門，由比濱趕緊比出不太完整的反V手勢，下一刻，相機發出「嗶嗶」的快門聲。

「好啦，拍得不錯，記得感謝我的拍照技術。」

我把相機還給由比濱，她立刻看起照片。數位相機真是方便，可以隨拍隨看，可是，萬一拍得不好，她是不是會要求我重拍一張？

「我看看……啊，真的滿可愛的——不對啦！還有，拍照為什麼要說『花生』？」

「妳不知道嗎？千葉縣民拍照時，都會說這個字……」

「少騙人。」

這不是騙人，我還有點希望這可以變成一股風潮。大家以後拍照的時候，記得要改說「花生」喔！

「不是那個意思……機會難得，一起照一張嘛。」

由比濱當面這樣要求，讓我不太好拒絕。正確說來，是我也沒有什麼拒絕的理由。雖然可以用自己迷信，認為拍照會把人的靈魂吸走當藉口，但由比濱說的沒錯，這是一次難得的機會，再加上我自己沒有帶照相機，要拍照的話，只能找人一起照。

「好吧，拍個照片我是無所謂。那麼，找個人幫我們拍吧。」

「不需要那麼做，這樣就可以。」

由比濱站到我身旁，舉起相機，把鏡頭朝向這裡，準備按下快門。

「不再靠近一點，可能會拍到別人……」

她又靠過來一步，輕輕鉤住我的手。

「要照囉！來，起～司～」

嗶嗶——電子聲再度響起。

我的視線方向跟由比濱相反，拍出來的死魚眼搞不好特別嚴重，不知情的人士看到，說不定會以為是靈異照片。

由比濱放開我的手，輕快地後退兩步再轉過來。

「謝謝你。」

「這有什麼好道謝的？」

沒錯，只是拍照而已，根本沒什麼。

我看向四周，發現一堆人同樣聚在一起拿著相機自拍。對時下高中生來說，這或許早已是家常便飯。不過是拍一張紀念照，確實不需要想得那麼複雜。男女生一起拍照沒有什麼稀奇，跟找朋友合照一樣，大家說不定覺得這樣才正常。

一切只是我自己想太多。

「優美子、姬菜，我們合照一張！」

由比濱找來三浦和海老名，三個人抱在一起，「耶～」地拍一張華麗的合照。

「隼人同學，你們也來吧！」

她再招呼葉山那群人，大夥立刻湧過去，其中也包括戶部、大岡跟大和。

「耶！來照來照～」

「好啊。不過，這樣人數好像多一點……」

葉山回頭看著從各處冒出來的同學，有些為難地笑道。

「啊，不然可以分成幾組……」

現場的人七嘴八舌，葉山大概因此沒聽見由比濱的提議，逕自走向我遞出照相機。
「可以麻煩你嗎？」
「……好啊。」
我接下他的照相機後，眼前立刻出現一條人龍。
「還有我的。」
「比企鵝，也幫我照～」
「我的也拜託了。」
「啊～還有我！」
等一下等一下，我只有答應幫葉山拍照沒錯吧？結果三浦、戶部、海老名、大岡也把相機塞過來。喂，還不只這些人喔！
接著，又有好幾個人要我幫忙拍照。接下最後一個人的相機時，我忍不住嘆一口氣。
「八幡，不好意思，也可以幫我照一張嗎？」
「沒問題，包在我身上！」
唯獨戶塚的照片，全世界再也找不到第二張。我要傾注全部的靈魂，拍出最棒的照片，一拍入魂！總覺得連自己的生靈都要依附到照片上。討厭啦～那樣照片豈不是浪費掉了？
「……啊，那麼抱歉，還有我的……」

由比濱把相機拿給我時，已是怎樣都無所謂的表情。

她本來找葉山那幾個人的真正目的，八成是想拍戶部跟海老名的合照，很遺憾的是，既然現在全班一起行動，註定要演變成如此，更何況還有人提議全班大合照，更是不可能再反悔。

我接過相機，順便安慰她：

「好。總之，明天再努力吧。」

「嗯……」

她簡短回應後，走向舞台的欄杆跟大家站在一起，我也準備要照相。

話說回來，我手上的相機真多，數量直逼二位數。

有種自己超受歡迎的感覺，耶！

可是，為什麼不能只拍一張照片，之後再用電子郵件或 facebook 之類的平台傳給大家呢？這種時候，不是更應該活用網路上的交流才對嗎？

「那麼，開始照囉。來，說『花生』——」

好好好，花生、花生……我一個接一個換相機，按下快門。

在這段過程中，我注意到由比濱的表情很豐富。她在每一張照片的表情跟動作都不同，盡情享受當下的個性表露無遺。好在數位相機有自動對焦的功能，否則大部分的照片可能會變得一片模糊。

三浦很清楚自己要怎麼拍才好看，即使每次拍照都換不同姿勢，臉上的表情始終沒有改變。

葉山表現得非常自然，他很習慣眾人的目光，不用特別擺什麼姿勢便很上相。而戶部就是戶部，專門擺一些雜誌模特兒才會擺的姿勢。若要說好聽一點，其實也可以算是自然。蓋亞大概在對他耳語，要他更發光發熱（註40）。

至於海老名，她從頭到尾保持笑容。最近我開始習慣她的笑容，只不過，她的笑容從第一張到最後一張完全沒變，反而讓我感到有點恐怖。

在本堂之後，我們沿路繼續參觀，來到地主神社。

地主神社是位在清水寺內的神社，同樣屬於熱門景點，結緣神的名氣相當響亮，許多人會來這裡祈求愛情開花結果。來清水寺參拜的年輕人，絕不會錯過這個地方。

前來畢業旅行的學生更不用說，大家圍在神社四周，興奮地吵吵嚷嚷，我的耳朵都快聾了。

參拜過後，接著是購買平安符跟求籤。

我沒有什麼想買的東西，於是發動祕技「不發一語地跟在隊伍最後面」。好吧，是可以求個籤沒錯，但是在我的觀念中，那種東西的真正樂趣，在於彼此互看抽到什麼籤，所以我一向沒有這個習慣。

註40　出自男性時尚雜誌《MEN'S KNUCKLE》的宣傳詞：「蓋亞在對我耳語，要我更發光發熱。」

我隨興混入人群中，觀察班上同學，最熱鬧的地方果然是戀愛占卜石。

「好，要出發囉～」不少女生興致勃勃地排隊挑戰，她們的朋友充當守衛，負責確保道路暢通。

戀愛占卜石是兩顆相距十公尺左右的石頭，據說能閉著眼睛從一邊走到另一邊的話，戀情將能開花結果。這般說明感覺很像「挑戰成功就有一百萬圓（註41）」。

另外，如果像是玩切西瓜那樣仰賴其他人指引，代表兩人的戀情需要別人幫忙。

仔細一看，場上那位西裝白衣的妙齡女子，順利走到另一邊的戀愛石，觀眾們熱烈地為她鼓掌喝采。我們社團的顧問真了不起……

女學生排隊等待時，男生們不時瞥向她們，如果看到心儀的女生也要挑戰，便緊張地期待：「天啊，她已經有喜歡的人了喔……會不會是我？」好吧，我承認最有可能這樣想的，正是我自己。心裡期待一下還沒關係，只要別爆發出來付諸實行，便不會傷害到任何人。

有的男生內心七上八下地打聽消息，也有男生站在遠處觀看，一副想挑戰的樣子。我們可以從這裡稍微窺見男孩子可愛的一面。

然而，同樣排在隊伍裡的戶部顯得不太莊重。

「好～我要一次就摸到！」

戶部對周圍的觀眾大聲宣言，一旁的大岡與大和跟著拍手鼓譟。他對這兩人握

註41　電視節目「火焰挑戰者」的口號。

拳回應後，閉上眼睛，像殭屍似地慢慢走向另一邊的石頭。

「完了，搞不清楚方向！嗯……我該怎麼走，直直往前嗎？」

大岡與大和有如在看好戲，隨便給他幾個指示。

「直直走、直直走。」

「戶部，後面！」

「啥？後面？」

戶部聽到這句話，反射性地把頭轉向後面。

「閉著眼睛轉頭有什麼意義嗎……」

葉山再也看不下去，嘆一口氣低聲吐槽，神社內立即爆出笑聲，久久迴盪不已，這幅景象頗有一番樂趣。

玩得開心最重要。那個笨蛋三人組感情好得不得了，海老名一點都不需要擔心。

我放空腦袋看著他們。由比濱似乎也想到同樣的事，拍拍海老名的肩膀。

「姬菜，妳不覺得他們的感情已經夠好了嗎？」

「嗯，是滿好的……可是，不到最後一刻，絕對不可以鬆懈。」

海老名略微低下頭。從我站的位置，無法窺見她鏡片後方的眼神，只聽得出她的語氣有些失落。

由比濱很少見海老名這麼消沉，訝異地看著她。

「咦？那是什麼意——」

話說到一半，海老名猛然抬起頭，用力握住拳頭。她打斷由比濱的問句，不斷喘著氣大叫：

「決定了！一定要讓他們在這次畢旅奔回本壘！」

什麼奔回本壘啦！

啊，差點忘記，關於戶部的占卜石大挑戰結果，他最後差點跌倒，葉山連忙過去扶他一把。

戀愛占卜石的活動告一段落，班上同學紛紛拆開求來的籤。

「YES！太好了！」

三浦高興地做出勝利握拳的姿勢，非常有男子氣概。由比濱看到她的籤，跟著發出驚呼。

「哇！優美子好厲害！」

「抽到大吉呢～」

海老名也靠過去，拍手恭喜她。

「沒有啦，該怎麼說呢？這只是籤而已，不必太當真～」

她表面上說得平靜，但還是高興地把籤小心摺好，收進錢包。那模樣像極了戀愛中的少女，真是可愛。

「可是啊，大吉其實不太好吧？因為再往上便沒有更好的籤運。」

「啊？」

戶部隨口開一個玩笑，三浦倒是特別當真，狠狠瞪他一眼。這個人果然很恐怖。

「啊，不，大吉其實很難抽到啦～」

戶部當然也被嚇到，趕緊改口以求自保。

世界上永遠不乏這種傢伙，專門挑別人高興的時候潑冷水，惹人討厭。小學去日光市遠足時，我也說過同樣的話，然後被大家討厭。

可是，假如三浦抽到大吉時，正值運勢最高峰，戶部的說法倒是沒錯。一旦抽到大吉，之後的運勢只會走下坡，反之亦然。

「啊～～我是凶……」

海老名難過地說。

「不過妳想想看，抽到凶的話，不就代表接下來的運氣只會變好嗎？」

戶部幾秒鐘前才開三浦的玩笑，所以他腦筋動得很快，馬上反過來安慰海老名。

什麼嘛，看來不用我們特別幫忙，他也會好好努力。

……好吧，我來點醒他一下。

「建議把不好的籤綁到高一點的地方，聽說那樣神明比較容易看到。」

這很明顯只是迷信，民間信仰不會這麼誇張，但我的確聽過這種說法。

由於我冷不防地開口，戶部跟海老名都四處張望，尋找聲音的來源。不要搞錯，那才不是神意，是我，壞利歐（註42）！沒有啦，我才不是什麼壞利歐。

註42　以壞利歐為主角的漫畫，原文為「オレだよ！ワリオだよ!!」。

他們總算注意到我的存在，於是我對戶部重複一遍：

「聽說綁在高一點的地方比較好，你幫她一下吧。」

戶部看出我的用意，對海老名伸手。

「喔，這、這樣啊。那麼，給我吧。」

「啊，謝謝，有男生真好。」

海老名把籤交給戶部。然而，萬一她的意思其實是「有男生真好，真方便」，那就悲劇了。

戶部踮起腳尖，把籤綁到最高的地方。我再看他一眼，隨即抱著完成一件工作的心情離開地主神社。

接下來的行程都是沿著參拜的路線走。

我信步而行，從奧院欣賞本堂的舞台，再走下石階，接上通往音羽瀑布的路。

瀑布的流水清澈，有「靈水」之稱，這裡也是清水寺的名稱由來。

分成三道的流水前同樣滿是遊客。

三條被隔開的隊伍排得很長，還轉好幾個彎。喂喂喂，怎麼跟得士尼樂園一樣誇張？這裡沒有快速通行證嗎？

我被擁擠的人潮嚇到，呆立在原處。這時，一記手刀落到我頭上。

「怎麼可以自己先走！」

「今天又不是分組行動，有什麼關係……」

我撫摸被敲的地方看向由比濱。接著，三浦那群人也跟上。

「喔，有水在流耶，還有三條！」

謝謝你毫不造作的感想，戶部同學。

「是音羽瀑布。」

葉山平淡地說。由比濱拿起導覽手冊，仔細閱讀起來。

「嗯～三道流水分別保佑學業、戀愛跟長壽。」

……原來如此，難怪平塚老師老早便拿著大五郎（註43）的空瓶排在隊伍裡，未免太貪心……

話說回來，由比濱說的是真的嗎？現場的解說牌不但沒有任何類似說明，還明確告訴遊客：「三道流水都來自相同的水源喔！」

然而，大家還是不疑有他，乖乖排在隊伍裡。雖然我自己也在排隊。

大約等待十五分鐘後，終於輪到我們。順帶一提，由於平塚老師裝太多保佑戀愛的水，還被工作人員關切。

大家各自拿起杓子舀水。

排在我前面的由比濱選擇中間那一道，伸出長長的水杓接水，再湊到嘴邊，撥開耳際的頭髮飲用。她白皙的喉嚨隨著吞嚥的動作上下移動。

「啊，真好喝……」

註43 朝日啤酒推出的燒酒品牌，有一點八公升、二點七公升、四公升三種容量。

她喝完後呼出一口氣，如此讚嘆。此處乃自古流傳至今的名泉，滋味可是經過悠久的歷史認證。再說，這裡屬於湧泉，深秋季節使水溫冰涼，喝起來當然舒暢。

由比濱之後輪到我，我伸出手，準備拿殺菌裝置裡的杓子──

「來，給你。」

她把自己用過的杓子遞過來，我不禁止住動作。

「呃，妳不覺得……這樣有點……」

這個人有時會展現女孩子精明的一面，有時又單純只是迷糊，使我難以判斷現在屬於哪一種。

不過，她好像是出於善意才把杓子拿給我使用。

下一刻，她也察覺到這個行為代表什麼，瞬間臉頰漲紅。

「啊……」

「嗯……」

嗯，對，沒錯，妳發現了。

我取出殺菌完畢的杓子，伸向最靠近自己的水流，盛好水後一口氣喝完。冰涼的泉水果然好喝得沒話說。

「何、何必那麼在意……」

……我當然會在意。若直接用妳的杓子喝水，豈不是喝不出滋味？

6 雪之下雪乃靜靜地走在夜晚的街道

回過神時，我人已經倒在被窩。

「陌生的天花板……」

我試著回溯記憶。沒記錯的話，今天我們來到京都畢業旅行。

第一天先參觀清水寺、南禪寺，然後基於不明原因，我們一路步行到銀閣寺。楓葉的確很漂亮，在河畔的哲學之道漫步，不僅達到運動的效果，對戶部跟海老名來說，氣氛更是絕佳。

今天的行程結束後，我們來到旅館吃晚餐，接下來……

接下來，為什麼我會在這裡睡著？

「啊，八幡，你起來啦？」

戶塚抱著膝蓋坐在一旁，他看到我睡醒，立起一邊的膝蓋看過來。

「啊，嗯……等等，現在到底是什麼情況……」

難道我發動了罪惡王者（註44），在不知不覺間，直接跳到跟戶塚開始新婚生活的結局？

想是這樣想，不過當然不可能，因為我聽到不遠處傳來嘩啦嘩啦的麻將聲。

「啊～～要輸到脫褲子啦～～」

「隼人你太強了吧！」

往聲音的來源看過去，班上男生一下「碰」一下「槓」一下「碰槓」，笑得好不開心。

好，我大概明白是怎麼回事了，原來是被自己平時一回家便先睡覺的生活作息擺一道。由於今天白天消耗不少體力，旅館提供的晚餐分量又特別多，結果吃完後一進入房間，我立刻倒頭大睡。

「泡澡時間已經過了，老師說可以使用旅館裡的浴室。」

「什、什麼！」

這不是代表我錯過跟戶塚共浴的寶貴機會嗎？

我遭到一陣晴天霹靂，猛然從被窩裡彈起。看來我只好去把神明殺了……

我忿恨地咬緊牙根，戶塚指向房間大門。

註44《JOJO的奇妙冒險》中的替身能力，可消除世界的時間，同時在消除的時間內行動，藉以看見未來。

這、這是什麼意思？

是說「八幡你真是個變態，這種變態最好滾遠一點，自己去庭院的水池洗一洗就好」嗎？但我既不是變態，更不是王子……

我內心緊張一下，但戶塚只是溫柔地說：

「浴室在那個方向。」

「這樣啊，謝啦。」

雖然我很想跟戶塚一起享受泡澡時光，這個樂趣姑且留待明天之後吧。反正畢業旅行是四天三夜，接下來還有兩次機會，有什麼好擔心的。而且，第三天晚上要在嵐山過夜。

溫泉！露天溫泉！真是太棒了！

我滿心愉悅地洗完澡，回到房間，隨即跟倒在地上的戶部對上視線。他似乎因為先前打麻將輸得很慘，處於鬥志全消的狀態，不過現在看到我，又迅速爬起身。

「啊，比企鵝，你睡醒啦。要不要打麻將？那幾個人太強了，跟他們玩都只能被痛宰。」

喂，你是覺得我麻將很弱，所以可以反過來痛宰我一頓是不是？你說啊！

不過仔細想想，會像這樣跟我說話，還邀請我打麻將，正是他的優點。可惜我們兩人的電波頻率對不太起來，簡單說即為不對頭。

「抱歉，我不會算分。」

「是喔～」

我稍微客套一下，戶部也不再追問，跟著客套一下，重新加入一旁的戰局。

不過，我是真的不知道怎麼算分，畢竟跟電腦玩的時候，系統都會自動算分。

戶塚也在麻將組當中，跟其他人學習規則。他看到我，對我揮一揮手。

那麼，接下來要做什麼？還是乾脆繼續睡覺？

這時，有人豪邁地打開我們房間的門。

「八幡，別管那個了，來玩UNO吧！」

材木座的邀約方式，像極了找磯野打棒球的中島（註45）。

「……你自己班上的人呢？」

他大剌剌地踏入我們房間，我姑且一問。材木座噘起嘴巴，撲到我身上，我硬把他拉開，要他坐下。

「八幡A夢，聽我說啦！他們太過分了，竟然跟我說『抱歉啊，材木座，這個遊戲僅供四人使用』，我只好在外面等輸的人出來。」

最輸的人離開遊戲，跟外面的人交換不是很正常嗎？再說，他們讓你參加遊戲便該心懷感激，跟他們好好相處吧。

「嗯？你們在玩什麼遊戲？」

戶塚提出疑問，材木座挺起胸膛回答：

註45 出自《海螺小姐》的台詞，原句為：「別管那個了，來打棒球吧！」

「嗯帕卡・嗯帕卡，夢幻多卡波王國（註46）！」
不要模仿夢幻蠟筆王國！
「你們畢業旅行還玩那種破壞友情的遊戲……」
多卡波王國（註47）或桃太郎電鐵這些遊戲，會讓一個人露出本性。
如果只是壞心眼的人用一些陰險戰術，倒還沒有關係，誰教戰爭本是無情物。
問題在於，如果跟容易惱羞成怒的人一起玩，可是會很痛苦，因為那真的可能導致友情出現裂痕。
至於其他問題，還包括玩到一半不想再玩，告訴其他人「跳過我沒關係」、自己看起漫畫書的傢伙。
小學時代，我也經歷過這樣的遭遇。
「所以，來玩UNO吧。」
「好啊。剛才我請別人教我怎麼打麻將，但還是不太懂。」
材木座從胸前口袋拿出UNO牌，學魔術師的動作洗牌。
洗好牌後，他開始發牌。
「唔嗯，我先。」
才剛開場，材木座馬上亮出好幾張R。

註46「嗯帕卡」出自動畫版「夢幻蠟筆王國」的片頭曲歌詞。
註47 融合RPG元素的大富翁類型遊戲。

「回轉回轉回轉回轉回轉～」

一直回轉，你煩不煩啊？以為自己在唱「Love Somebody（註48）」嗎？

多張回轉牌發動後，出牌順序變成材木座、我、戶塚。接下來，大家都順利地出牌，偶爾有人喊「pass」，或是因為被陷害，火大之下賞對方一張「抽兩張牌」，隨後又被對方報復，回敬一張「抽四張牌」，以及指定別人可能沒有的牌色。總之，就是大家所想得到玩UNO牌的景象。

戰局進入白熱化階段，我剩下兩張牌，材木座跟戶塚各還有五張牌，目前由我居於優勢。

再來又輪到我。我出牌後，材木座忽然低聲沉吟，問道：

「對了，八幡，明天你們會去哪些地方？」

「啊？現在玩到一半，你問這個做什麼？」

嘖，問這麼麻煩的問題做什麼？我殺氣騰騰地準備回答他時，材木座把臉別開，轉而詢問戶塚。

「不說拉倒。戶塚氏，你們要去哪裡？」

「嗯……好像是電影村跟龍安寺，還有……」

註48 織田裕二演唱的「Love Somebody」，有一段歌詞「And I will never never never never never let the love go」，「never never…」部分與回轉的原文「リバリバ……」發音相似。

戶塚把牌蓋在大腿上，盯著天花板努力回想。那個模樣真是可愛，於是我決定參與對話。

「還有仁和寺跟金閣寺。」

「啊，沒錯。」

戶塚這麼說，同時拋出一張牌。

就在這一刻，材木座猛然起身，大力指向我。

「抓到了！你沒有喊ＵＮＯ！」

「……啊！」

我察覺到時，已經來不及了。

「耶！」

「耶～」

材木座高舉拳頭歡呼，慶祝自己的勝利，戶塚跟著模仿，兩人還互相擊掌。

咦，怎麼回事？難道這是他們的陰謀？不過，我也好想跟戶塚擊掌……

這招太卑鄙了。材木座，你果然很卑鄙！

故意在我喊ＵＮＯ前過來搭話，讓我分心錯過機會，太奸詐了……

話雖如此，戶塚興奮的模樣非常可愛，所以我也心滿意足。

「處罰～處罰～」

「沒錯，要接受處罰！我會好好想一個處罰遊戲，你等著吧！」

畢業旅行的夜晚，他們顯然特別亢奮，興高采烈地要我玩處罰遊戲。麻將組那裡的情況差不多，為了處罰遊戲興奮起來。

「好，下一個輸的人……」

大和對大岡使一個眼色。

「要去女生的房間跟她們要點心！」

「咦，真的假的？拜託～～不～～要～～啦～～」

出現了……要輸的人去女生房間，的確是那些人會想到的點子。然而，葉山勸他們打消這個主意。

「好啦，別這樣為難人，而且聽說厚木在樓梯那裡守著。」

「是喔……」

大和一臉可惜地安靜下來。厚木老師很有威嚴，再加上神祕的廣島腔，是個出名的鐵面教師。基於體育老師的立場，他對運動型社團格外嚴格，因此對葉山這些人來說，是很難應付的狠角色。話說回來，我自己也拿那種人沒轍。

「不然，跟女生告白好了！開始吧！」

大岡迅速提出替代方案，開始新的回合。儘管戶部跟大和大表不滿，他們還是乖乖跟進。葉山同樣帶著苦笑，把牌打出去。

經過一陣自摸和出牌，最後由戶部第一個翻牌。

「啊，自摸。」

其他人紛紛倒牌，嘆一口氣。

「嘖，你在跩什麼啦？膽小鬼，趕快去告白啦。」

「小心宰了你。去告白啊，賭你沒種。」

大岡跟大和把話講得酸溜溜的。

「哪有人這樣！」

戶部發出抗議，葉山笑著整理起麻將牌。

「你的確是個膽小鬼啊，罰你去買飲料。」

「我又沒有輸！不過我剛好也口渴，是可以幫忙買啦。」

竟然真的答應，這傢伙真是單純……雖然因為葉山的關係，才讓處罰遊戲簡單很多，但仍改變不了他被凹的事實。

戶塚看著戶部離開房間，低聲說道：

「啊，大家應該也有點口渴吧。」

「唔嗯，那麼決定了，你的處罰也是出去跑腿。」

「是～要幫你買什麼？拉麵？」

「嗯，聽起來很吸引人……」

「不要給我當真……」

材木座大概還要考慮一陣子，於是我先轉向戶塚。戶塚露出燦爛的微笑說：「我的交給你決定。」

「知道了～」

我站起身，離開房間。

× × ×

咚、咚、咚——我踩著輕盈的腳步走下樓梯。

女生的房間在我們樓上，聽說厚木老師守在那裡的樓梯口，防止男生溜上去，但我沒有特地去確認的必要。

自動販賣機位於一樓大廳。

學生可以在就寢時間前到這裡活動，可是，大家忙著跟朋友交流，根本懶得下樓。會出現在這裡的，頂多只有像我跟戶部這樣被處罰來跑腿的傢伙。

戶部正站在大廳一隅的販賣機前。

他一罐接著一罐，買齊所有人的飲料。我走過去時，他察覺到我的存在。

「喔，是你啊，辛苦了～」

「嗯。」

不論白天或晚上，戶部都是用「辛苦了」打招呼，如同由比濱的「嗨囉」。打過招呼後，輪到我買飲料。

這時，我感覺背後有某種視線，於是轉過頭去。

不知道為什麼，戶部買完飲料依然站在那裡，沒有回去房間。

「什麼事？」

經我一問，他咧嘴笑起來。

「沒有啦～這次你幫那麼多忙，還為我製造機會，所以想謝謝你。」

可惜在你達成目標之前，我們幫的忙都不算數。

「我沒有特別做什麼，幾乎都是由比濱在努力。要道謝的話，去找她才對。」

「喔，一定會、一定會，但還是要跟你道個謝。多虧你的幫忙，我才下定決心要告白。之後也拜託你囉～」

他說完後快步離去。

好吧，我承認他人還不錯，只是太順從現場的氣氛。這種個性沒有好壞之分，但說難聽一點，即為被現場氣氛束縛的奴隸。

說不定也因為這樣的個性，才使他跟海老名之間的關係遲遲沒有進展。每一個不同瞬間的氣氛，都會使戶部產生反應，而無法採取適當的行動。

前途堪慮啊……

告白……雖然我看是很困難，但還是希望事情能夠順利。

疲憊感頓時湧上，我決定攝取一些糖分（ＭＡＸ咖啡）以做為療癒。

我從販賣機的上排飲料開始尋找。

……嗯，奇怪？

這次，我改由下排飲料往回尋找，像在書店尋找GAGAGA文庫的輕小說那般，仔細地逐一檢視，免得不小心漏看藍色書背。

然而，不論我找多少次，都找不到自己需要的糖分（MAX咖啡）。

這是怎麼回事……

經過一番地毯式搜索，這裡竟然只有長得像MAX咖啡的冒牌貨！

這就是京都……不愧是千年王城……

無奈之下，我只好退而求其次，改買咖啡歐蕾，至少它也使用比較高的瓶身，外表挺像的。

我拉開瓶罐拉環，把自己扔進角落的沙發上。

儘管現在是被處罰出來跑腿，但我短時間內不想回去淪為麻將館的房間。

咖啡歐蕾沒有那麼甜，我不由得嘆一口氣。在此同時，角落出現一個熟悉的人影。

是雪之下雪乃。她大概是剛洗完澡，難得穿得一身休閒，將頭髮盤到頭上，大大方方地穿過大廳。

雪之下筆直往旅館附設的紀念品店走去。

她神情嚴肅地盯著紀念品店內的一個櫃子。嗯，從那麼認真的樣子看來，我幾乎可以猜出她在看什麼。

接著，她輕撫嘴角，短暫思考一會兒，終於下定決心要拿那件商品。可是，她在伸出手的那一瞬間，察覺到周遭的氣息。

雪之下看過來，跟觀察她好一段時間的我對上視線。

她默默把手收回，裝作若無其事的樣子順著原路回去。

……好像每次都是這樣。我在心中跟她說一聲「晚安」，喝光剩下的咖啡。

這時，她又踩著響亮的腳步聲走到我的座位前，盤起雙手往下看過來。

「真巧，在這裡碰到你。」

「現在才說這句話不太對吧……」

她特地回來跟我說話，反而讓我比較訝異。還有，為什麼要擺出自己很了不起的姿態？

「怎麼啦？在自己的房間待不下去，只好逃來這裡嗎？」

「我不過是把接下來的任務交給年輕人罷了。妳呢？」

「唉……」雪之下受不了地嘆一口氣。「班上同學老是把話題轉到我身上。為什麼她們那麼喜歡聊那種東西……」

是、是什麼樣的話題呢？我多少有些興趣，但又覺得問出口的話，雪之下八成會生氣，所以實在不敢問。碰到這種時候，打安全牌才是上策。

「她們會問妳，代表對妳有興趣，不是很好嗎？」

「聽你說得事不關己，校慶時還不是一樣……」

她換上銳利的眼神瞪我一眼。

「我……我？等等，我又沒有錯。」

我不知道她在指什麼，但還是先為自己辯解。雪之下聞言，按住太陽穴閉上眼睛，索性不再提這件事。

「……當我沒說。對了，你在這裡做什麼？」

「玩累了出來休息。妳呢？不是要去買紀念品嗎？」

「我沒有要買，只是有點興趣而已。」

她把視線別到一旁。

真的嗎？妳剛剛看得那麼專注，我還以為一定會買。我猜猜看，是不是貓熊強尼京都限定版之類的東西？

「你不買一些紀念品嗎？」

「現在買了只會變成累贅，我等回去前再買。」

「這樣啊。那你決定要買什麼了嗎？」

「算是吧，但也都是小町要的東西。啊，順便問一下，妳知道哪裡可以祈求學業進步嗎？」

拜託妳了，雪基百科。

雪之下眨眨眼，把頭偏到一邊。

「你要祈求小町金榜題名？」

「嗯。」

她聽到我的回答，露出微笑。舍妹受到這麼多人疼愛，身為哥哥真是高興。

「我想想……」

雪之下坐到我旁邊的空位思考。讓她一直站著說話的確怪怪的，於是我稍微挪出空間。

「北野天滿宮滿有名的。」

「天滿宮？我會記得。」

利用第三天的自由活動時間去看看吧，順便買個平安符，畢竟請人祈禱得花不少錢，破魔箭又很難帶回去，祈願繪馬不是由本人寫大概不會有用。

「……我能瞭解你擔心小町，那麼，戶部同學的委託進展如何？」

哎呀，糟糕，一不小心便陷入自己的世界。

「不是很順利，但也沒有不順利。」

雪之下聽了，內疚地垂下視線。

「抱歉，我在不同班級，很難幫上你們的忙。」

「不用放在心上。我跟他同一個班級，也沒有幫上忙。」

「請你多少放在心上……」

我們談到一半時，平塚老師正好經過。她在西裝外披一件大衣，還戴著墨鏡。現在明明是晚上，戴墨鏡做什麼？

她一發現我們，明顯露出驚慌的模樣。

「你、你們怎麼會在這裡？」

「只是下來買個飲料。倒是老師，妳這麼晚了在這裡做什麼？」

「唔，嗯……不、不可以跟別人說，絕對要保密喔！」

平塚老師一直強調不能說出去，嬌羞的模樣頗有少女之姿，看得我心動起來，腦海中忍不住想高呼「老師好可愛～」，可惜她的下一句話使這個想法完全破滅。

「其、其實……我打算……出、出去吃拉麵……」

不行，這個人沒救了，請把我先前小鹿亂撞的心情還給我。

我跟雪之下愣愣地看著老師，老師則突然想到什麼，盤起雙手、站直身體，並且把墨鏡摘下。看來那副墨鏡是變裝用的。

「嗯……好吧，你們在這裡也正好。」

「什麼意思？」

雪之下不懂老師的話，頭上冒出問號。

平塚老師對她輕輕一笑，再換上嘲笑的表情看過來。

「雪之下不可能把祕密說出去，但很遺憾，我沒有辦法相信你。」

「好過分……」

好啊，我絕對會大聲說出去，雖然我根本找不到人說。

老師見我抗議，稍微輕咳一下補充：

「所以，我會付你遮口費。請你吃一碗拉麵如何？」

……拉麵？要我一起去的意思嗎？

這麼說來，我還沒品嘗過京都的拉麵。而且，或許是正處於發育期的關係，我胃裡的晚餐早已消化完畢，現在光是聽到「拉麵」便覺得飢餓感湧上來。

「既、既然老師這麼說的話……」

老師滿意地點點頭。

哇～真期待京都的拉麵！我開始天馬行空地想像，一旁的雪之下倏地起身。

「那麼，我回去房間。」

她恭敬地向平塚老師行一個禮，轉身離去。老師開口叫住她。

「雪之下，妳也一起去。」

「不用……」

雪之下側過身，有些為難地看著地面。老師露出笑容告訴她：

「不用擔心，想成課外活動即可，何況現在還沒有很晚。」

「可是，這樣的服裝不太方便。」

她仍然不肯輕易鬆口，攤開捏著略長袖口的雙手，動作如同揭起裙子致意。老師聞言便脫下大衣，扔到她身上。

「這件給妳穿。」

哇！那個動作有夠帥氣，我好像要迷上老師了！我收回之前的「老師好可愛」，接下來的時代是「老師好帥氣」！

「看來我沒有拒絕的權利……」

「是啊。」

雪之下終於死心，短嘆一口氣，乖乖穿上大衣。

「好，我們出發。」

平塚老師踩著高跟鞋，帥氣地帶我們走入京都的夜晚。

×　×　×

才走出旅館幾步，我便領教到夜風有多冷，這才想到自己穿著室內服便直接出來。

「京都有點冷喔。」

平塚老師看著我的衣著笑道。

來到大馬路上，老師一舉起手，正好經過的計程車立刻停下。

「上車吧，雪之下。」

在老師宛如門房般的引導下，雪之下拉好大衣，對她點點頭，坐進車內。

接著，老師讓我先坐進去。

「換你上車。」

「沒關係，老師先請。」

我選擇婉拒她的好意。

「喔？」老師對我的反應既訝異又欣慰，「哎呀，淑女優先嗎？你終於長大了。不過，你不需要顧慮這點。」

「呃……不、不管老師幾歲，都一樣是淑女！老師要對自己更有信心！」

老師笑笑地伸出鐵爪，抓住我的頭。

「……因為坐在後座正中間的死亡率最高。」

「好痛好痛好痛！」

我就這樣被塞進車內。老師除了打擊技，又增加更多樣的攻擊方式，看來我們雙方都有成長。

「……你真笨。」

「吵死了！那是我特有的溫柔。」

「到頭來，你還是沒搞懂溫柔的意思……」

平塚老師最後坐進來。這輛計程車的空間偏狹窄，後座坐三個人感覺會很擁擠，好在雪之下跟老師的身材苗條，因此實際上還有多餘空間。好險……要是三個人緊緊貼在一起，我會很困擾的。

「到一乘寺。」

老師交代目的地後，司機發動車輛。

喜歡宮本武藏的人，或許聽過一乘寺這個地名。當地有名的下松，即為他跟吉岡一門決鬥之處。可是，聽說他們的決鬥並非史實，而是後人編出來的故事。

一乘寺可是京都拉麵的一級戰區，眾多名店皆匯聚此地。

我們在車內聊著這些內容，沒有多久便到達目的地。搭計程車真快，比沙羅曼蛇還快（註49）。

一下計程車，我瞬間被眼前的景象震懾。

「竟、竟然是『天下一品』總本店……」

沒錯，是「天下一品」，不是成人雜誌《Deluxe Beppin》（註50）。據說他們的湯頭相當濃厚，不但筷子插在麵湯中不會倒，湯還會附著在麵條上，因此吃完拉麵後，湯也跟著被吸光。

我感動到全身顫抖，後面的雪之下問道：

「是知名店家嗎？」

「是啊，雖然他們在全國都有分店。」

「既然全國都有分店，不需要特地來這裡吧？」

雪之下所言甚是。然而，讓我感動的理由不只如此。

「可是啊……偏偏千葉沒有分店。整個關東獨漏千葉……這是為什麼……」

在悠久的八幡史中（長達十七年左右），千葉被（我自己）稱頌為「應許的樂

註49　出自一九九六年超任遊戲「神龍奇兵」女主角的台詞。

註50　原文為「デラペっぴん」，與「天下一品」發音相近。

園」。儘管如此，它仍未達完美的境界。佚失的那一角，正是「天下一品」。

「其實，他們曾經在千葉開店。」

平塚老師抽完開胃菸走過來。

「出、出現啦！千葉拉麵界的活字典兼待嫁熟女！」

「比企谷，最後幾個字是多餘的喔♪」

「好痛好痛好痛！」

老師一臉笑咪咪的表情，把我的頭鑽到快要裂開。

「儘管全國到處都有分店，親自來到直營店，又是總本店，總會有更深的感慨。而且，一旦發展成連鎖店，全國各分店的口味難保沒有落差。我一直很想來這裡吃一次看看。」

平塚老師總算鬆開我的頭，感慨萬千地凝視店面。

「好，進去吧。」

非常幸運的，店內的空位非常多。

老師、雪之下和我依序坐到櫃檯前。

「超濃厚拉麵。」

老師連菜單都沒看直接點餐。我也想嘗嘗看傳說中「天下一品」的招牌拉麵。

「我也是超濃厚。」

「……」

只有雪之下沒發出聲音，我稍微瞄過去，發現她不安地看著周圍的客人，說不出半句話。

她拉拉我的袖子。

「那個東西……是湯頭？」

她的表情幾近恐懼。好吧，我可以理解。只是，妳如果被這種程度的湯頭嚇到，根本沒辦法去吃「成田家」。「成田家」的湯頭不能叫湯頭，那簡直是直接喝背部油脂，超好吃的。

平塚老師被雪之下的反應逗笑，翻開菜單給她看。

「這裡也有清淡的湯頭，妳或許比較喜歡那一種。」

「啊，沒關係，光是看到圖片我就覺得飽了……」

雪之下連連搖頭，怯生生地有如踏入陌生地盤的貓。

「是嗎？那麼，我去要小盤子，分一些給妳吃如何？」

平塚老師這麼提議之後，雖然雪之下仍然面露緊張，但終於點頭。

點餐後稍事等待，我們的拉麵便送上來。

我們拿起筷子，在胸前雙手合十。

「開動了。」

哇，看這垂掛在筷子上的沉重感！我快要升天啦！

能把湯頭熬到這麼濃稠，甚至包覆在麵條上，在千葉大概只有「虎之穴」辦得到。好吃！太好吃了！

「雪之下，給妳。」

老師把一些麵跟湯盛進小盤子，放到雪之下面前。雪之下猶豫一會兒，總算下定決心，拿起筷子跟湯匙。她先把長髮撥到耳朵後，再舀起湯跟麵送入口中，喝下濃厚的湯頭時，喉嚨的滑動不知為何顯得嬌媚，我不禁把視線移開。

她用餐巾擦拭沾在嘴角的湯頭，正經八百地說：

「……真是凶暴的美味。」

沒錯，妳說的對極了！

雖然有點馬後砲，但品嘗拉麵的同時，我開始懷疑這樣外出到底好不好，忍不住提出疑問。

「可是，教師帶頭這樣做，真的沒問題嗎？」

老師維持一派輕鬆的表情回答：

「當然不好，所以我才付你封口費。」

「那更不是老師該有的行為吧……」

雪之下同樣不敢恭維，但老師不僅沒有動搖，反而冷靜地繼續吃拉麵。

「老師也是人，大人也是人，難免有犯錯的時候。不論是有心之過，還是無心之過。」

「穿幫的話，不會被罵嗎？」

而且，到時候我可能會被波及。

「是不會被罵，頂多基於形式被叫去念個幾句。」

「那不就是被罵……」

我的意見跟雪之下一樣。平塚老師喝完湯後放下碗，用餐巾把嘴巴擦乾淨，看向我們。

「不一樣。不要惹出麻煩，跟被要求盡速解決麻煩，是完全不同的事。」

「我分不出差別在哪裡。」

「……我也是，或許是沒什麼被罵過的關係。」

雪之下手抵著下巴，微微握拳，追尋過往的記憶。平塚老師看了點頭說：

「嗯……是嗎？那麼，我會好好罵你們的。本來以為之前罵過你們不少次，看來還是太客氣。」

「不需要，已經很夠了。」

我連忙揮手拒絕。要是身體再受到更多傷害、被判定為瑕疵品，便得請老師負起責任嫁給我……啊，難道這正是她的目的？

雪之下無視我的不安，輕描淡寫地開口。

「反正，我沒做什麼會被罵的事，所以不會擔心。」

「雪之下，被罵並不是壞事，那代表有人在意妳。」

老師這番話讓雪之下垂下肩膀，臉也低下去。此刻出現在她眼中的是什麼樣的情感，我完全無從得知。

老師溫柔地拍拍她的肩膀。

「儘管大膽地嘗試犯錯，我會好好看著妳。」

搭計程車回來後，平塚老師往旅館的反方向走去。

「我要去超商買酒宴用的酒，你們自己路上小心，再見啦。」

那樣真的沒問題嗎？

三個人揮手道別後，我跟雪之下轉往另一邊，一起走回旅館。兩人在路上都沒有交談，這對我來說早已是很自然的事。

「……」

「……」

雪之下走在前面，跟我保持幾步的距離。

忽然，她停下腳步，張望四周。

……我可以明白她遇到什麼問題，這正是所謂的經驗法則。

「在右邊。」

「……嗯。」

她拉好還沒還給平塚老師的大衣，遮住臉作勢要擋風。

我夾雜苦笑嘆一口氣，走到她前面。好吧，我就幫忙帶個路。

雪之下察覺到我的用意，隔了幾步跟上來。

但是，走沒有多久，她的腳步聲顯得越來越遠。

我納悶地回頭，看見我們之間的距離比先前還遠。

「妳離那麼遠，小心又迷路喔。」

「不……那個……」

她不把話說清楚，還把臉埋進豎起的領子裡，聲音越來越微弱。

我完全猜不出她想說什麼，可是，要是跟她走散也很麻煩，因而乾脆在原地等她走過來。

我們相隔一段距離看著對方，這究竟在玩什麼把戲？

過了好一陣子，雪之下終於放棄，嘆一口氣抱怨：

「你明明可以先走……」

她不情願地走到我身旁。讓一隻野貓乖乖聽話，大概是這種感覺吧。

「即使我先走，也沒有多大的意義，旅館都已經在那裡了。」

「……你不在乎，我可是會在乎。」

「在乎什麼？」

雪之下說得不明不白，於是我追問下去。雖然說基於禮節，對方有什麼不方便開口的話，應該裝作沒聽到，不再過問才是。

「要是……被人看到……我們在這種時候……在一起，感覺有點……」

現在沒有特別寒冷，雪之下卻拉起大衣遮住臉頰。

「……這、這樣啊。」

經她那麼一說，我重新思考目前的情況。

這不是我們第一次在夜晚見面，以及兩人待在一起。

因此，我不需要在意什麼，也不用思考太多。這根本沒有什麼好奇怪，並沒有什麼大不了。

但是，我沒有見過這樣的雪之下。

她不斷注意周遭，同時看著我的腳邊，以免找不到回去的路。

她難為情地垂下雙眼，發現我走太快時，還伸出猶豫不決的手，想要我放慢速度，接著又驚覺似地把手縮回——我從來沒見過這些舉動。

我被她生硬的舉動感染，不知不覺間變得同手同腳，也因為如此，儘管旅館離這裡很近，我卻覺得遠得要命。

我們兩人始終若即若離，怎樣都不會並肩走在一起。

好不容易回到旅館大廳後，我已經快要累癱。

接下來是學生容易出沒的地方，如果雪之下在意，我們最好在這裡分開。

我停下腳步讓她先走，同時舉起手道別。

「晚安。」

「……嗯，晚安……謝謝你送我回來。」

雪之下說完，往前面走去。她在室內仍然披著大衣，衣襬在快步走動下不斷翻飛。

她應該會記得把大衣還給老師吧？我想著不怎麼重要的事，走回自己房間。

房間裡的麻將大戰仍在進行中。

戶塚跟材木座正在玩抽鬼牌。

「啊，八幡，歡迎回來。」

「太久了吧。你跑去哪裡？」

「會嗎？」

好吧，的確很久。從出去到回來，足足經過兩個小時。

「飲料跟我的拉麵呢？」

「啊。」

我都忘了自己是被罰出去跑腿。

「難道你忘了？」

材木座用看著白痴的目光看我，真教人不爽，所以我挑釁地回答他：

「……呵，怎麼可能忘記？只不過……裝在這裡。」

我指指自己的肚子，材木座驚愕地面孔扭曲。

「什、什麼！你竟然出去吃拉麵……這個人實在太恐怖了……」

他抹去額頭上的汗水，用充滿敬意的眼神看過來。呵，這有什麼困難？

然而，另一個人不這麼想。

「那麼，再去買一次吧。」

戶塚面帶笑容，命令我重新跑腿。嗚嗚嗚，戶塚好可怕……

mail@ 京都⟷千葉

哥哥，京都的感覺
怎麼樣唷？

沒什麼，很普通。
還有，這裡的人不會像妳那樣講話。

真無趣唷～今天小町跟朋友聊天，聽說
鴨川是個很棒的地方，很多情侶都會去
參觀，非常推薦喔！

那裡有虎鯨表演，當
然很受歡迎。

鴨川海洋世界！
不對，不是千葉的那個啦。
哥哥怎麼滿腦子都是千葉？小心對大腦產生不良影響。

不提這個了，妳說的鴨川有什麼
知名景點？

鴨川的話……水應該很清澈吧？

那些情侶是螢火蟲嗎？不然為什麼喜歡
擠在清澈的水邊？

7 意想不到，三浦優美子都看在眼裡

畢業旅行進入第二天。

今天是分組行動，我們將從太秦參觀到洛西一帶。

第一站是時代劇主題公園兼時代劇的實際拍攝場景——太秦電影村。這裡不僅有製作精良的布景，重現吉原花街、池田屋等街景，遊客亦能換上當時人們的服裝，實際體驗並拍照留念，另外有鬼屋、忍者館之類的豐富遊樂設施，是很熱門的觀光景點。

我們從旅館搭市內公車到太秦。

一日乘車票是畢業旅行學生和觀光客的好夥伴，只要少少的五百圓，即可在當天盡情搭乘京都的市內公車，這簡直是夢幻的自由通行證。再加上京都的公車交通網非常發達，幾乎所有具代表性的景點都能搭公車抵達。

然而，我們忽略一個重點。

正因為市區公車相當便利，深受廣大觀光客青睞，在這楓紅尚未結束的季節，公車擁擠得如同沙丁魚罐頭，乘載率大概直逼百分之一百五十，現在的擁擠程度，跟早晨的上班尖峰時刻相去不遠。一想到這裡，我便感到強烈的抗拒……我不要工作，我絕對不要工作！如果必須忍受這樣的痛苦，我寧可不要工作！

在這麼擁擠的公車上，我開始擔心柔弱的女生和戶塚是否安好；至於男生，根本懶得理他們。

三浦跟川崎負責用視線威嚇四周，讓海老名跟由比濱安全無虞。嗯，那兩個人真可怕……

戶塚也好好待在安全範圍內。

「八、八幡，你沒有問題嗎？不好意思喔～」

他在我的懷裡，歉疚地抬頭看著我。

「哎，這不算什麼，我只是一直被旁邊的人肘擊跟踩到腳而已。」

「哇！抱歉！比企鵝，真的抱歉啦～不過車上這麼擠，沒有辦法啊。」

戶部，你這個傢伙……儘管心裡抱怨，但他一樣被推來擠去、踩到鞋跟，為了勉強維持姿勢，手肘才會撞到我，所以我沒辦法太責備他。

「下一站要下車，不要忘囉。」

葉山真不簡單，在這種情況下還有辦法關心別人。

終於，公車在太秦電影村前停下。

包括來畢業旅行的學生在內，一大群觀光客從公車出口湧出。第一個行程還沒開始，大家已累得東倒西歪。

我好想在附近找一間KOMEDA坐下休息，順便嘗嘗他們的「奶油丹麥」（註51），可惜天不從人願，戶部早已衝去買好票又衝回來。

「來，海老名。」

「謝謝～」

原來如此，為了親手把票交給海老名，他才急著跑去買，若是拖拖拉拉的話，可能會被葉山他們搶先一步。

「比企鵝，這張給你。」

「……嗯。」

既然本人那麼有幹勁，我多少努力一下吧。

大家拿到票後，進入電影村。一通過大門，便看到東映博物館內的光之美少女，可惜我已經成為大人，還是留待下次再一個人來看，今天先以園內設施為重點。

我們穿過一片江戶時代的街區，路上不時和工作人員扮的武士擦身而過。途中還有準備去接客的花魁、突然開演的殺陣教學，以及從池塘裡冒出來的神祕恐龍，光是處在其中，便覺得頗為愉快。

註51 KOMEDA是日本連鎖咖啡廳，「奶油丹麥」是該店家的招牌甜點。

尤其是那個池塘，會先醞釀好像有什麼東西要出現的氣氛，接著恐龍再冒出來，「咻嚕嚕嚕」地噴出幾口白煙，然後又緩緩地沉下去，不得不說這個玩意兒非常奇特。

我們目送恐龍消失在池塘後，陷入一陣沉默。大家看到這麼奇特的景象，全都愣在原地不動。

「……我們繼續走吧。」

「沒、沒錯！繼續，繼續！」

葉山笑著開口，戶部終於回神。

「要不要去那個地方看看？」

由比濱指向號稱史上最恐怖的鬼屋，我猜她一開始便注意到那個地方。

這儼然已經成為固定戲碼，她應該是為了撮合戶部跟海老名。簡單來說，就是利用所謂的「吊橋效果」。

先不管先前的恐龍究竟如何，接下來的鬼屋或許可以期待。

千萬不要小看這間鬼屋。這裡可是東映的勢力範圍，他們不但擅長營造恐怖的氣氛，連嚇人的鬼怪都是由東映的演員擔任。

我本來預期有人提出反對意見，結果沒有任何人退出，所有人都排進隊伍。

「隼人～感覺好可怕喔～」

三浦一臉嬌羞地依偎著葉山。可是三浦，妳當起老媽子照顧小孩的模樣更是可愛，建議妳重新思考一下自己的魅力在哪裡。

「哎呀，這種東西我也不太行呢，哈哈。」

葉山露出不太好意思的笑容掩飾。這個人平時表現得那麼完美，卻在這種時候顯露些許弱點，連我看了都覺得胸口好像揪一下。

很快就輪到我們要進入鬼屋，但八個人一起進去實在太多，我們決定分兩組。葉山組首先進去，四個人全部消失於入口處後，我們第二組跟著進入。

一開始先播放影片，提醒遊客這裡的鬼都是演員假扮的，不要對他們拳打腳踢。好一個反其道而行的說明……

直接講明裡面的鬼都是假的，豈不是讓遊興大打折扣嗎？

——至少到此為止，我是這麼認為。

然而，當我們實際踏入鬼屋，彷彿闖入截然不同的空間。

這棟鬼屋的背景設定於江戶時代，內部一片漆黑，只有最低限度的照明，那些照明又經過特殊安排，意圖引導參觀者的視線，使一些毛骨悚然的東西清晰浮現。眼睛可見範圍受到限制後，緊接著有道具從幽暗處飛出來嚇人。

經過一番冷靜的分析，真的很恐怖。恐怖的東西無論怎樣都很恐怖。

葉山那組應該走在前面才是，然而，在昏暗的光線下，與不絕於耳的幽靈悲鳴和念經聲中，我沒有辦法找出他們的身影，也掌握不了彼此間的距離。

即使如此，靠著辨識度極高的行為和說話方式，我依然認得出他們。

「好可怕好可怕好可怕好可怕好可啊～～」

最會融入現場氣氛的戶部，來到這裡也不例外，徹底沾染上鬼屋的氣氛，提心吊膽地緊緊貼在葉山身邊。海老名看到這一幕，發出「咕嘿」的笑聲。

「噫！這次又是什麼怪聲……」

走在後面的川崎也嚇得要命，一直緊抓我的衣襬。這件外套快要被扯掉了，可以不要再那樣抓嗎？剛才那是海老名的笑聲，沒什麼可怕……不對，還滿可怕的。

我四處打量，看來這裡設定成一間發生滅門慘案的宅邸。

雖然是一間很標準的鬼屋，但內部裝潢跟主題契合得很完美。

由比濱走在一旁，害怕地把手放在我的肩膀上。

「我、我很怕這種地方……」

她緊張地不停留意附近，擔心隨時有什麼東西蹦出來。

「鬼屋裡的幽靈有什麼可怕？可怕的其實是人。」

「你的彆扭性格又出現了！不過……這樣聽來，你應該很靠得住。」

她對我的言論發出瞧不起的笑聲。不過，人類是真的非常可怕。

「……換句話說，由人嚇人的鬼屋最可怕。」

「不行！一點也靠不住！」

說實話，我同樣對可怕的東西感到害怕。要是我一個人進來，搞不好會為了壯膽，不斷「喝啊！喝！喝！喝！喝」地鬼吼鬼叫，一路往出口狂奔，然後在裡面迷路。

好在這次我不需要鬼吼鬼叫，光是周圍幾個人製造的噪音，便讓緊張感降低不少。

不知是否出於相同的原因，戶塚也顯得不怎麼害怕，甚至樂在其中。

「戶塚，你好像一點都不怕。」

「嗯，我滿喜歡這種地方的。」

即使四周一片漆黑，我仍感受得到戶塚笑得很開心。他笑容中的能量，說不定可以解決全世界的能源危機。石油的時代已經過去，接下來是笑容的時代！

再繼續往前走，突然有個幽靈（裡面有人）發出「嗄啊」的叫聲跳出來。川崎因此嚇直身體，憋著聲音狂奔出去；戶塚似乎被她的反應嚇到，跟著慌張地跑走。

我表面上裝得冷靜，內心其實也嚇一大跳，反射性地縮起身體，因而碰到隔壁的由比濱。

不，正確說來，是兩個人的頭「鏗」一聲相撞。

「唔～～」

「痛痛痛……」

我們痛得當場蹲下，撫摸撞到的地方。

「抱、抱歉……」

「不，是我不好，我也嚇一跳……」

我看向由比濱，見她忍著眼淚，伸手過來摸我的頭。

「你不痛嗎?」

「怎麼可能?超痛的。」

還有,可以請妳不要再摸了嗎?好丟臉。

我把頭移開,站起身體,不讓由比濱繼續摸,但她仍蹲在地上。

「趕快走吧,不然要被丟下了。」

過去用於妹妹小町身上的哥哥技能自動發動,我伸出手要拉她起來。

「咦?」

由比濱訝異地看著我的手。嗯……這種舉動的確是對妹妹做比較妥當。我想了一下,打算把手插回口袋。

「謝謝你。」

結果,我的手先被由比濱握住。好吧,這算是種溫柔,亦即所謂的人情、紳士風範。這不過是人之常情,身為一個紳士,這種行為由不得拒絕。

因此,我沒有理由甩開由比濱的手。

「那麼,趕快走到出口吧。」

她開朗地笑道,接著放開我的手。我來不及感到惋惜,便被拉著肩頭往前走。

「快一點。」

我們繼續在充滿寒意、隨處可見血跡的黑暗鬼屋中前進,一路上還被人頭跟敗逃的兵將騷擾好幾次。

「好像到出口了。」

最後一扇門的門縫透出亮光，我們穿過去，一陣涼爽的風吹過來。

「終、終於結束了……真的好恐怖……」

由比濱在鬼屋裡始終處於緊繃狀態，她到出口後立刻虛脫，搖搖晃晃地走向長椅。先一步出來的葉山和戶塚已經在那裡。

我跟著走過去。不是我在說，繞一圈鬼屋出來，真的快要累倒了，心臟劇烈地跳個不停，感覺快要受不了了。這會不會是心律不整？來人啊，快幫我打強心針。

我走到長椅旁喘一口氣，戶塚踏著叮叮咚咚的腳步走過來。

「八幡，鬼屋真是有趣！」

看到戶塚的笑容，我又感到一陣頭暈眼花。心律不整過後，這次換成暈眩嗎？那張笑臉太過漂亮，我的身心得到治癒，胸口開始悸動，心中的各種感情大集合，進入全新的階段（註52）。

「逛完一圈感覺值回票價了，出發去下一個地方吧。」

葉山環視所有人，大家都不反對。三浦「嘿」一聲，從長椅上用力站起。

「我先去叫海老名回來。」

她快步走向紀念品店。經她那麼一提，我才發現海老名跟戶部不在場。往紀念

註52 將以上句子中的幾個關鍵字換成英文，可拼出「Smile Pretty Cure All Stars New Stage」，這是二〇一二年「光之美少女」的劇場版標題。

品店的方向看去，海老名正專注看著新選組的商品，還「哈～哈～」地喘氣，戶部則盯著木刀驚呼：「哇！好貴～～」

呃，嗯……所以鬼屋有沒有達到效果啊？

× × ×

下一個行程，我們要從太秦搭公車去洛西。

以金閣寺為首，洛西擁有眾多熱門觀光景點，再加上楓葉季節尚未結束，公車簡直擁擠到最高點。

此外，許多遊客跟我們一樣準備離開電影村，因此勢必得等上很長一段時間才上得了公車。事實上，我們已經枯站許久，目送好幾班公車離去，開始等得不耐煩。

我是一個討厭擁擠電車的人。曾有一次，我為了去東京都內的大學參加模擬考，搭上早晨尖峰時段的東西線列車，結果在半途直接放棄，索性不去考試。

所以無論如何，我都希望避免再搭上市區公車。

有沒有什麼好方法？我四處張望，尋找附近有沒有任意門，結果，視線捕捉到計程車招呼站。

嗯……說也奇怪，人類一旦發現更省力的手段，將毫不猶豫地選擇自甘墮落。

我拍拍由比濱的肩膀。她似乎也等得累了，反應有些遲鈍，只把頭轉過來。

「什麼事？」

「改搭計程車如何？」

「唔……」由比濱聽了皺起眉頭。「計程車？可是很貴耶，不可以花太多錢。」

交涉到此結束，她把頭轉回去，繼續等公車。

現在的她頗有家庭主婦之姿。校慶期間也是如此，她在金錢方面特別精打細算。

不過，立志成為家庭主夫的我，自然沒有輸給她的道理——我是指在胡說八道，還有硬是找地方擠出錢的鍊金術上，沒有輸給她的道理。

「由比濱，妳要知道，首都一帶的計程車的確給人價格高昂的印象，但京都這裡因為大部分是小型車，價格上相對便宜。不趁這個機會搭乘，反而會吃虧喔。何況大家平攤車資後，其實沒有多少錢。」

「咦……」

唔，還是不接受嗎？我本來以為已經搬出不少理由說服由比濱，看來這樣仍不足以打動她的心，既然這樣，便要改變策略。

「妳仔細想想，在這裡浪費時間，不是更吃虧嗎？」

「會嗎？」

由比濱隨便應付一下，有如當成打發等待時間的小小娛樂。這個女的……這種時候，必須先引發聽者的好奇心。

「妳喜不喜歡去得士尼樂園？」

「喜歡。所以呢？」

她這次的反應跟上次不同，除了脖子以上，連上半身也轉過來。我對千葉的知識不遜於任何人，對得士尼樂園同樣有相當的瞭解。在我對千葉的瞭解中，唯一可能讓由比濱產生興趣的，正是得士尼樂園。因此，我決定從這個角度切入。

「那裡也是很受歡迎的約會聖地。」

「嗯，沒錯。」

由比濱點頭同意。

「可是，現在有一個壞消息。」

「咦，什麼？」

她終於起了好奇心，將整個身體轉向我。我確定她真的在聽後，開口說下去。

「去得士尼樂園約會的情侶都會分手。」

「啊，這個我聽說過，好像是種魔咒。」

「沒錯。可是，如果仔細想想，妳會發現分手是必然的結果。」

那不是什麼神祕的力量作祟，純粹是人類的心理使然。

「等待搭乘遊樂設施的時間一長，內心免不了開始焦躁，可以聊的話題早晚也會用完。隨著焦躁感逐漸累積，沉默時間逐漸增加，即使是熱戀中的對象，照樣會讓人失去興致。簡單來說，即為『吊橋效果』的相反情況。」

「喔～原來如此。」

由比濱佩服得連連點頭，看來她總算願意接受。所謂打鐵趁熱，我繼續說服她：

「妳不覺得那跟現在的狀況很相似嗎？」

「我跟你？我不覺得。」

由比濱再度回到疑惑的表情。她的回答太超乎預期，我一下子不知該做何反應。

「不是……我是說戶部跟海老名。」

「喔，原、原來如此……」

由比濱發現自己會錯意，尷尬地低下羞紅的臉。

「妳自己看看。」

我稍微指向排在前面的那兩個人。

他們看似等得很無聊，海老名簡單地跟三浦閒聊幾句，不時撥弄手機；戶部則退到外面幾步，拿著木刀揮來揮去。喂，你真的買下那玩意兒啊……

「嗯……」

見到絕對稱不上好的氣氛，由比濱盤起雙手，開始掙扎。好，現在只差臨門一腳！

「別忘了，計程車內是密閉空間，有助於增進親密度。」

萬一跟柯南搭上同一輛計程車，則會鬧出人命。

由比濱終於恍然大悟。

「啊，我明白了……我去跟他們說說看。喂～」

她對排在前面的組員們大大揮手。

「要不要改搭計程車？」

大家聽了，皆露出不解的表情。大部分高中生對計程車抱持昂貴的印象，何況，計程車不是學生普遍使用的交通工具，存有些許抗拒是難免的。可是，我實在不想跟一堆人擠公車，於是加入說服的行列。

「挑小型車再由四個人平攤車資，其實不會花很多錢。」

「有道理。」

好在葉山的腦筋轉得很快。得到有力的領導人物背書，接下來就很好辦。三浦跟戶部都沒說什麼，海老名也點點頭，迅速把川崎抓進同一陣線；戶塚同樣沒有意見，直接跟上來。

於是，我們離開隊伍，前往計程車招呼站。

這裡總共有八個人，按照常理思考，應該要分成兩輛車，一輛車坐四個人。

葉山跟三浦站在最前面，再來是川崎、戶塚，接著由我形成牆壁，確保剩下的戶部、海老名和由比濱會搭上同一輛車。牆壁在這裡可是很重要的角色。每次有什麼球類比賽，我總是被派去防守多出來的位置，本人的防守能力可是經過大家認證。

葉山走在最前面，帶領大家前往計程車招呼站。

「那麼，上車吧。」

來到招呼站後，我催促葉山第一個上車。這樣的話，接下來只要大家照順序搭乘即可。

「嗯，優美子先進去。」

「好～」

三浦聽從葉山的吩咐，二話不說地坐進車內，但葉山仍然站在車門邊，叫下一個人的名字。

「戶部，換你。」

排在隊伍後面的戶部表情亮起來。

「好，知道了～海老名一起來吧！」

「是～那麼結衣、沙沙，我先走囉。」

戶部跟海老名走上前，依序上車。海老名在等待的同時，對由比濱她們揮手。

「嗯，待會兒見。」

「不要叫我『沙沙』。」

由比濱輕輕揮手道別，沙沙則紅著臉警告她。

最後，葉山坐上前座。

「……我們先走囉。」

他頭也不回地關上車門，不留給我說些什麼的機會。

喔……原來是這樣。

再來，輪到我跟剩下的人搭第二輛車。

「我們要怎麼坐？」戶塚問。

若按照目前的順序，我應該要坐到前座。

「嗯……我坐前面，你們坐後面。」

計程車門自動開啟，我確定戶塚、川崎、由比濱入座後，打開前車門坐進去，繫好安全帶。

「到仁和寺。」

我簡短告知目的地，面目和善的司機帶著笑容複誦一遍。

車子靜靜地駛上道路。等待紅燈時，司機對我們開口。

「來畢業旅行的嗎？」

「嗯，對。」

我看一眼司機，再次簡短回答。我不是有意對他冷淡，只是不習慣這種應酬式的對話。

「從哪裡來的啊？」

「東京那裡。」

插播一段千葉人的小知識。千葉人造訪其他地方，被問及從哪裡來的時候，總會脫口而出「東京那裡」這個答案。沒辦法，就算真的回答千葉，恐怕得額外解釋老半天，我也很無奈……許多神奈川縣民喜歡裝成橫濱市民，我想是同樣的道理。

我跟司機繼續有一句、沒一句地閒聊。想不到搭計程車，會落入這種陷阱……

另一方面，後座的三個人則在聊昨晚女生房間的事。

「對啊。然後，沙希玩枕頭仗玩得太認真，把優美子弄哭了。」

「那件事用不著說吧……」

我從後照鏡看見由比濱聊得很開心，川崎不悅地改為翹起另一條腿。話說回來，三浦太愛哭了吧……戶塚在一旁輕笑著，把我們男生房間的事情也分享出來。

「打枕頭仗好像很快樂呢。我們都在打麻將跟UNO……啊，還有，八幡明明輸了，卻忘記接受處罰。」

明明前座跟後座只隔一張椅背，我卻覺得他們好像在遙遠的另一端。後面真熱鬧……

基於對隔壁司機的顧慮，我沒有加入後座的對話，只是望著窗外的景色發呆。

× × ×

我們要前往的仁和寺，正是大家所熟知、教科書內《徒然草》第五十二段那位糊塗法師（註53）住的仁和寺。

註53　仁和寺的法師一直遺憾沒去過石清水八幡宮，某次心血來潮決定去參拜，但是參拜了山下的極樂寺、高良社，便以為到過八幡宮，錯過山上真正的八幡宮。

等到春天來臨，這裡會開滿大片的櫻花，吸引比現在更多的觀光客。這裡的寺院跟庭院同樣很有看頭，因此在深秋季節仍有不少觀光客。但大家畢竟是年輕氣盛的高中生，對於眼前的景色，僅發得出「真漂亮」、「是啊」、「是很漂亮」之類的感想。先前在電影村的活力都跑去哪裡啦……

其實，我自己對寺廟同樣瞭解不深，所以沒什麼資格說其他人，頂多自言自語，賣弄一下「喔～這裡就是《徒然草》裡有名的那個地方」。再說，第五十二段的重點根本不在仁和寺。

繞完一圈佛堂跟庭院，大家的臉上都浮現「差不多可以走了吧」的表情。

「好，下一站！」

由比濱敏銳地察覺到這一點，如此提議。

不可思議的是，大家跟著由比濱離開仁和寺後，精神似乎都回來了。

下一個目的地是龍安寺。這間寺院光是名字就很帥氣，又有名氣響亮的石庭，更是帥氣得不得了。順帶一提，若要論寺院名的帥氣度，天龍寺並不會比龍安寺遜色，但如果要爭第一名，便得乖乖讓給金戒光明寺跟教王護國寺ＰＫ。至於化野念佛寺，可以讓它當隱藏角色。

從仁和寺步行到龍安寺，大約是十分鐘的路程。

一路上，染成紅色的葉片不斷飄落。

每次跟著團體行動，我總是習慣落在最後頭。原本走在前面的由比濱緩緩放慢速度，不知不覺來到我身旁。

「不是很順利呢。」

由比濱有些失望地低喃，她是在說戶部跟海老名的發展。

「這還用說嗎？我們連自己都顧不好，哪有閒功夫去管別人。」

「……是、是沒有錯。」

「而且……」

「而且？」

而且，他們發展得不順利，不是由比濱的錯。這不是什麼安慰的話，純粹是事實。

由於戶部是那種個性，使海老名對他沒有興趣；另外更重要的一點，是某人匪夷所思的舉動。

他的所作所為，無疑是阻礙我們達成委託的絆腳石。

我不知道他為什麼要那麼做。只不過，沒有根據的話便沒有意義，不好的話更是如此。所以，我沒有把疑惑說出口，而是暫時擱在心裡。要是我真的說出口，又發現自己所想的全是事實，到時候真的無法挽回。

停留在懷疑的程度，是不會傷害到任何人的。

由比濱仍在等我開口，於是，我決定說一些無關痛癢的話。

「我們也不用太勉強撮合他們。不可能成真的事情，再怎麼樣努力都不可能成真。」

「但我還是想努力一下。」

由比濱消沉地垂下肩膀，腳步變得遲鈍，「沙」的一聲踢開落葉。

「我們也不能做得太多，讓海老名心生反感就不好了。」

「這樣啊……」

「如果她本人有一點那種意思，影響可是會很大。」

「嗯……」

她回答得心不在焉，但我是說真的，到時候可是會很麻煩。

我們邊走邊交談，往前一看，葉山等人都停在那裡等我們，原來龍安寺已經到了。

大家購買門票進入寺院，第一眼便看見偌大的池塘。這片池塘名為「鏡容池」，面積將近整個寺院的一半，聽說在平安時代，貴族們很喜歡乘船遊覽其中。

參拜道路的兩旁設有竹子編成的矮籬，我們沿著石階往上走。

進入方丈堂，前院即為大名鼎鼎的 Rock Garden——石庭。

石庭為枯山水形式，亦即庭院中不使用水，鋪滿石頭之類的東西。

嗯，原來如此，白色的砂地是要呈現出水面；還有岩石周圍的同心圓，看起來有點像漣漪……大概吧。

走累了之後，我們找個地方坐下，望著石庭發呆。

正當我要坐到最旁邊時，旁邊的人挪出空位。我稍微舉手，向對方點頭表達感謝。結果，對方突然開口：

「哎呀，真巧。」

我納悶地轉過頭，才發現那個人是雪之下雪乃。

「喔，妳們也來這裡啊。」

「對。」

再往旁邊一看，果然坐著好幾個典雅婉約、像是跟她同一組的女生。可是她們看我的眼神，有如看到怪人，讓我有點坐立難安……好吧，從旁人的眼光看來，我跟雪之下這麼不搭的人坐在一起，的確是很奇特的景象。

可是，由我的角度看來，平時的雪之下更奇特。

先不論那群女生跟雪之下是不是朋友，原來她也有辦法跟團體一起行動啊。儘管那群女生不太像由比濱，能夠毫無隔閡地跟雪之下嬉笑玩鬧，比較像是用崇敬的眼光圍在遠處觀看。

不同的觀點會影響我們對同一個人的印象。

例如這片石庭，不論從哪個角度，都無法一眼看盡其中的十五塊岩石。隨著觀看的角度改變，有些岩石會突然出現或消失。

設計出這個庭院的人，或許在這當中傾注更宏大的哲學概念，但是膚淺如我，只會產生如此老套的感想。

從這片石庭蘊含的意義、人類的真正面貌，到人們之間究竟是如何接觸，這個世界上有太多我們不知道的事。

我陷入自己的思緒，出神地望著庭院。這時隔壁的雪之下站起身，接著又坐下。她為什麼要突然站起來？雪之下察覺到我的視線，對我解釋說：

「石庭又叫做『虎子渡河之庭（註54）』，我想看看到底哪裡像老虎。」

喔？因為老虎也是貓科動物，妳才會有興趣吧。

虎子渡河啊……我也站起身，想尋找哪裡有老虎。

原來如此，完全看不出來。

雪之下則彷彿得到什麼體悟，平靜地看著石庭。

這種時候是不是該用「深奧」來形容？話說回來，為什麼我覺得「深奧」這個感想膚淺得不得了？

我們繼續看著石庭好一段時間。

「啊，小雪乃。」

不知道什麼時候，由比濱也出現在一旁。她發現雪之下，準備加入我們。

雪之下苦笑著起身。

「我們換個地方。」

註54　出自中國元朝周密寫的《癸辛雜識》內的故事「虎引彪渡水」。母虎為了將三隻虎子平安送過河，一共來回三次半，藉此表示禪修過程的艱辛。

「嗯，去那邊談吧。」

她撥一下頭髮，轉身告訴同組的人：

「不好意思，我稍微離開一下，妳們可以先走沒關係。」

J班的女學生點點頭，眼睛都閃閃發亮，對她投以崇拜的目光。那種關係真像名門女校的學姐與學妹，不過，要說她們算是親密，好像又不是如此。

我思考她跟班上同學的關係到一半，頭頂上冒出聲音。

「你還在做什麼？快一點。」

啊，我果然要跟著去。我站起身時，J班女學生的視線都集中過來，實在有點恐怖。回去之後，我會不會被她們宰了……看來從明天開始，得在衣服裡塞一本《少年Sunday》才行。

我跟在她們兩人的後面離開石庭，繞著庭院參觀。

「委託進行得如何？」

「嗯……很困難。」

由比濱把目前為止的狀況簡單告訴雪之下，雪之下聽了，有點內疚地垂下視線。

「這樣啊。真對不起，這次都是讓你們負責。」

「不會啦，不用放在心上。」

她見由比濱在胸前輕輕揮手，才放心地露出微笑。

「雖然可能算不上補償，但我也多少思考一下。」

「思考什麼？」

雪之下看過來。

「女生可能會喜歡的京都景點，可以提供給他們，做為明天自由活動的參考。」

「喔～不愧是小雪乃！啊，我們明天一起去！」

「跟戶部他們？」

那樣的話，我看是不會跟今天有什麼差別。

「不太一樣。我們可以跟在後面，看看幫得上什麼忙。」

「聽起來不是什麼好事……」

偷偷摸摸地跟在別人後面觀察，實在不是值得誇獎的行為。

「好啦，先不管能不能跟在後面，只要跟戶部推薦那些景點，他們一定會照著走。如果到時候有什麼事，我們可以再會合。」

先幫戶部擬定約會路線是吧。有道理，如果戶部遇到困難時，我們人在附近，他便可以迅速聯絡我們，這樣一來，或許能夠幫上什麼忙。

「雖然不能保證很有機會，但也沒有其他方法。」

總之，明天的計畫就是這樣。我們完全不曉得要如何行動，更不曉得該如何幫上戶部。

談到這裡，我們正好繞完一圈庭院，回到山門前。

「我們等一下要去金閣寺。」

「那麼，我先回去了。」

「嗯，明天見。」

「明天見。」

彼此道別後，我們回去跟葉山會合，接下來還要前往下一個地方。

大家走在通往金閣寺的緩坡上，一路上有很多彎路，途中還經過立命館大學。

到達金閣寺後，我們在裡面參觀至閉園時間。

時間已經過了傍晚五點，我們在金閣寺等公車，準備回去旅館。

葉山先用電話跟導師告知我們會晚到。最後回到旅館時，男生的泡澡時間早已結束。

結果，我第二天也只能在旅館內的浴室洗澡。

沒關係，不用擔心，還有第三天，我是不會放棄的！

× × ×

晚餐時間，大宴會廳擠滿學生。

為什麼一到畢業旅行，高中男生盛起飯來，一定要學《日本昔話》的故事，把白飯堆成一座小山？

多虧你們那麼貪心，飯桶還沒傳到我們這裡便空空如也。

此時此刻，房間內八成在舉辦大型麻將賽。吃晚餐時，大家都在聊前一天晚上做了什麼。根據我聽來的結果，幾乎每個房間都在打麻將。

因此，今晚將是最強寶座的爭霸戰。

現在回去房間，只會被抓去加入戰局，短時間內絕對別想洗澡。如果沒辦法洗澡，更不可能發生後續跟戶塚的意外插曲。

既然如此，乾脆先在外面晃一下。

我決定去旅館外溜達，找東西填飽肚子。被發現擅自離開旅館的話，肯定會挨一頓罵，但是不用擔心，這正是我的光學迷彩（自行準備）派上用場的時候。

我成功地不被任何人發現，來到轉角處的便利商店。

按照老習慣，我先將雜誌架瀏覽一遍。

《SundayGX》月刊……《SundayGX》月刊在哪裡……

搜尋到一半，某個強勢的聲音傳入耳中。

「是自閉鬼啊。」

我還沒找到自己很喜歡卻一直忘記買的《SundayGX》，自己先被人找到。

對方使用的稱呼方式教人反感，於是我用陰沉的死魚眼看過去。

不過，那個人——三浦優美子只是繼續看自己手上的雜誌，壓根兒不瞧我一眼。既然這樣，妳何必叫我……

或許在三浦的認知中，我的存在等同大自然現象。看到外面下起雨，人們會很自然地說「啊，下雨了」。剛才她說那句話，說不定是基於這樣的道理。

這樣的距離也好，不會對我造成壓力。對方不在意我的話，我沒必要在意對方。

我不理會三浦，逕自拿起《SundayGX》翻閱。

「我問你，你們到底在做什麼？」

三浦冷不防地拋出問題，嚇得我肩膀跳一下。

這個人的口氣那麼恐怖，真是討厭……我把臉轉過去，看到三浦仍自顧自地挑選流行雜誌。

她察覺到我在看她，繼續往下說。

「能不能不要再騷擾姬菜？」

三浦的視線沒有離開過手上的雜誌，她肯定是把以前學校教過「跟人說話時要看著對方」的基本禮貌忘得一乾二淨。

「啪啦」一聲，她翻過一頁雜誌。

「你有在聽嗎？」

雖然很想回她「這是我要問的話」，不過仔細想想，自己連半句話都還沒說，於是開口：

「我聽到了。可是，我們不是在騷擾她。」

「明明就是，有眼睛的都看得出來。」

三浦闔上雜誌，總算要認真對我說話。

「那是在找她麻煩。」

她把手伸向下一本雜誌，小心地拆掉橡皮筋打開來看。那樣做是不行的吧……話雖如此，我自己的行為也差不了多少，所以沒資格說她。更何況，我根本不敢對三浦說那種話。

「是嗎？但也有人希望我們這麼做。一方受惠的同時，另一方跟著受害，這是再正常不過的事，妳還是放棄吧。再說，妳又沒有直接受害。」

「啥？」

經過一段稱不上是對話的幼稚談話後，三浦女王終於第一次正眼看我。她的眼神充滿敵意。

「再這樣下去的話，我就會受害。」

「……」

這句超乎預期的回答讓我略顯遲疑。既然是三浦，我原先預期她會用強硬的語氣，抱怨自己現在受到多少困擾。那樣的話，我大可一個一個反駁，讓她再也說不出話，氣得拂袖而去。

結果，我猜錯了，我完全沒想到她會用未來的假設回答我。

此刻的我啞口無言，表情一定很滑稽。三浦直直盯著我開口：

「你跟結衣在一起那麼長的時間，應該也瞭解海老名吧？」

「我、我我我我們才沒有在交往……」

猛然聽到連自己都不知道的事，我慌張得咬到舌頭。這個女的在說什麼？人、人家才沒有跟她交、交往！

我的全身狂冒冷汗，三浦見狀，露出打從心底瞧不起我的笑容。

「你是不是搞錯啦？噁心。結衣怎麼可能跟你交往，這有什麼好懷疑的？我是說你跟結衣聊過那麼多，應該也很瞭解海老名。噁心！」

……用不著最後再強調一次吧。

原來三浦說的「在一起」並非男女交往，而是單純的交友關係。

明白這一點之後，我反而不知道她想說什麼。

「那是什麼意思？我不覺得那兩個人有哪裡相似。」

「嗯，因為她們的性格不同……」

三浦的眼神稍微柔和下來。

「結衣她啊，是個很會看場合的人，不過，最近終於願意表達自己的意見。」

她說的沒錯。我剛認識由比濱時，她對周遭的視線和氣氛很敏感，靠著跟大家站在同一邊、順應現場氣氛，建立起自己的地位。

「嗯，是啊……」

「海老名也一樣，只是剛好相反。」

三浦的嘴角泛起些許落寞的笑容，把雜誌放回架上。

「她是靠刻意不看場合來配合大家。」

跟由比濱一樣，卻又剛好相反；刻意不看場合，藉此配合大家——不得不承認，這種描述中肯得無可挑剔。

「啊，聽妳這樣說，我好像可以瞭解。」

「沒錯。那種行為其實非常危險，海老名是因為本身夠精明，才有辦法得到現在的地位。」

簡單說來，海老名是讓周圍的人接受自己的個性，藉以保持適當的距離感。她並非真的是一個怪人，不過是被大家當成怪人罷了。

三浦用懷念的語氣繼續說道：

「她如果安安靜靜的，的確很受男生歡迎，也有不少男生要我幫忙介紹。不過，每次我要幫忙介紹時，她都用各式各樣的理由拒絕。起初我以為她只是害羞，所以很積極地勸她，結果，你猜她說什麼？」

「我猜不到。」

沒有任何線索的問題，怎麼可能猜到答案？三浦見我聳肩，竟然默默垂下頭。

「她用一副事不關己的態度，笑著告訴我：『再提這種事的話，我們就絕交吧。』」

堂堂一位獄炎女王露出這種悲傷的神情，真是難得一見的景象。

我可以想像海老名說出那句話的樣子。她的聲音、笑容、眼神一定都很冰冷，不容許任何人接近半步。

「海老名不太提自己的事，我也不會特別去問。她大概不喜歡那種話題。」

我想可能不是那樣。海老名恐怕是認為，與其要失去什麼東西，不如先由自己毀壞殆盡；為了守護某樣東西必須做出大量犧牲的話，乾脆豁出去，把它們通通拋棄。

即使是目前的交友關係，她大概也會狠心拋棄。

「我覺得現在這樣子很快樂。要是海老名離開了，我們可能沒辦法像現在這樣瘋瘋癲癲地一起玩，那些事情將永遠不會回來。」

說到這裡，她的聲音開始顫抖。

「所以，不要多管閒事好嗎？」

以真正的意義而言，這或許是三浦第一次好好看著我。

我能清楚看出埋藏在她雙眼的意念。

因此，我拿出最大的誠意好好回答她：

「不用擔心那個問題。」

「你怎麼有把握這麼說？」

她的問題非常理所當然，畢竟三浦沒有任何可以相信我的理由。不論是信任還是信賴，通通建立在雙方互相理解之後，逐一累積的實際經驗上。

我跟三浦之間，尚未建立這層信任關係。

儘管如此，我還是有絕對的把握。

「用不著擔心，葉山說過他會想辦法。」

「什麼嘛。好吧，既然隼人那樣說了，那就無所謂。」

三浦笑著回答。

8 即使如此，葉山隼人沒有選擇的餘地

第三天的早晨。

今天是各自行動的日子，所有學生不受班級和小組的限制，可以自由選擇跟社團夥伴或男女朋友在一起；活動範圍也不限於京都市內，想遠征到大阪、奈良等地亦可。總之，今天是自由活動，大家可以隨心所欲地度過，想要獨處當然也行。

一想到此，心情立刻輕鬆許多，我蒙頭大睡，直到自己心滿意足。

我依稀記得，戶塚好像曾搖著我叫我起床，但在模模糊糊的印象中，自己對他說了「你們先走，我隨後追上」之類超帥氣的話。

最後，我要葉山、戶部、戶塚他們先去吃早餐，自己繼續賴床幾分鐘。

可是，一直睡下去也不是辦法。我當然不願意錯過早餐，而且第三天要住進不同的旅館，早上得趕快把行李打包好，搬到大廳讓車子先運過去。

我依依不捨地跟心愛的棉被道別，起床洗臉、整理儀容、簡單換一下衣服，再把行李整理好。

……嗯，這樣一來，吃完早餐回來即可立刻出發。下一個步驟，便是吃早餐。

我打著呵欠，離開房間。

「自閉男，早安。」

「嗯。」

我的腦袋尚未完全清醒，所以看見由比濱出現在房門口也沒有多想什麼。

「我們走吧！」

才一大早，她的精神便那麼好。

「喔，吃早餐是吧？好像是在大宴會廳……二樓是不是？」

「不對不對，我把早餐取消了。」

「取消啦……什麼？」

聽到不甚熟悉的字眼，我的腦袋瞬間清醒。早餐取消是什麼意思？又不是打格鬥遊戲，怎麼可能說取消就取消？

「取消是什麼意思？妳沒聽過早餐是一天的活力來源嗎？怎麼可以不吃？」

「為什麼在奇怪的地方那麼執著……」

由比濱的語氣充滿無奈，但她還是拉回話題，把我推回房間。

「總之，趕快整理行李，我們要出發了。」

「等一下，現在到底是什麼情況……」

好在我帶的東西不多，早早便收拾完畢。而且，回房間一趟不是什麼麻煩事，於是我先聽由比濱的話，進去拿行李。

「好，把行李拿去大廳放，然後就出發吧！」

「嗯，不過放好行李後，記得去吃早餐……」

我又提醒由比濱一次，但她似乎很期待今天的自由活動，根本沒有好好聽我說話，逕自哼著歌、踩著輕快的步伐往前走。

喂，早餐……

× × ×

最近旅館提供越來越多便利的服務，觀光區的業者還會幫忙運送行李，在旅客晚上投宿前，先行送到下一個下榻處。這次我們的畢業旅行即是使用這樣的服務。

我們今天晚上住的地方，是京都首屈一指的名勝——嵐山。

拜如此便利的服務之賜，我們得以一身輕裝，盡情享受一整天的自由活動。

順帶一提，拜今天沒吃早餐之賜，我連胃部都好輕盈。

我們離開旅館，開始步行。大家都說京都的市街跟棋盤一樣整齊，走在路上實際一看，果然不假，不但道路筆直，連轉角都呈九十度，由比濱也得以大膽前進而不至於迷路。

走著走著，我看見一幢白色的咖啡店建築，旁邊是一間頗有京都風的日式店面，不過從招牌看來，這兩間好像是同一家店。

「啊，好像到了。」

「什麼到了？」

「吃早餐的地方。」

「咦？早餐不是在旅館二樓的大宴會廳嗎？」

「我已經跟老師說過，不在那邊吃早餐。」

由比濱一邊說一邊走進咖啡店。咦，原來可以取消早餐？自由活動可以自由到這種地步，我們學校會不會太自由？

這棟日式建築內還有中庭，侍者將我們帶到陽台座位。雪之下已經坐在那裡，優雅地喝著咖啡。

「哎呀，你們真慢。」

「咦？這到底是怎麼回事？」

我仍然處於狀況外，心裡只有「這個人坐在陽台喝咖啡，真是超適合的」這種感想。

「Morning。」

「我也知道現在是早上。」

雪之下一副從容自適的樣子，對我隨機抽考英文單字，不過那種程度的字彙我當然知道。

「不是早上的意思。在咖啡店這種地方，早餐稱為 morning set 或 morning service。」

「喔，我知道，在名古屋很有名。」

說到名古屋的特色，還有炸蝦飯糰跟那間有名的「Mountain」咖啡廳。另外，在名古屋的方言中，習慣在語尾加上類似「喵～」的聲音（註55），雪之下會不會以為是貓科動物？

「……你要那樣理解也可以。」

「想不到京都這裡也有。」

「沒錯沒錯，這可是超有名的店喔！」

由比濱找來店員，迅速完成點餐。

這間店的裝潢很漂亮，的確容易受女性歡迎。對了，這一定就是雪之下調查過、推薦給女性的遊樂路線。

「剛才我在舊館看見海老名同學，他們是不是也來了？」

「所以戶部已經等不及，照著那條路線走啦。」

聽到這裡，我終於理解是怎麼回事，這裡正是雪之下昨天提到、女生會喜歡的

註55 原文為「みゃー」（mya～）。

熱門景點之一。

由比濱將那些景點告訴戶部，戶部也很積極，今天一早馬上約海老名來這裡用餐。嗯~那傢伙很努力嘛。

經過一段時間，侍者將早餐盤送到我們的桌前。

早餐有麵包、火腿、炒蛋、沙拉、咖啡，另外還附上柳橙汁。這些餐點乍看之下沒有什麼特別，不過在精心的擺盤下，確實讓人食指大動。

「大家先用餐吧。」

「嗯，開動。」

「我開動了。」

我們一起合掌，開始用餐。仔細想想，餐桌上明明是西式早餐，三個人卻維持日式習慣合掌說「開動」，總覺得有些奇怪。

雪之下在用餐期間說明接下來的行程。

「首先要去的是伏見稻荷大社。」

「千本鳥居嗎？」

「我在電視上看過。」

雪之下對由比濱點頭。伏見稻荷大社是日本稻荷神社的總本山，名氣自然不在話下；再加上連綿不絕、有「千本鳥居」之稱的大紅色牌坊，確實可以想見很受女性歡迎。

「參觀完神社後，回程繞去東福寺。」

「那個我就沒有聽過。」

我把關鍵字丟入腦內日本史搜尋引擎，但沒找到任何相符的資料，看來不是什麼世界遺產。雪之下將杯子擱在桌上，指尖輕觸嘴唇思考。

「嗯，如果是畢業旅行，可能不太會去那個地方……」

這句話不無道理。說到京都的畢業旅行，當然要挑每個人都想得到、能立刻跟京都產生連結的地方。經過這種條件的過濾，最後中選的地方不外乎是固定那幾個，例如我們第一天前往的清水寺。

如果以知名史蹟和世界遺產做為旅行主題，那樣的景點選擇非常合情合理；其他可能的主題，大概是日本歷史。參觀跟幕末和新選組有關的景點，想必也有一番樂趣。只不過，參觀本能寺很有可能大失所望，這一點千萬要注意。

「東福寺有什麼有名的東西嗎？」

「你們到現場看看，馬上會明白。」

雪之下輕笑一下。這個關子賣得真不錯。

「接下來是北野天滿宮。」

……真想不到當時隨口說說的話，她竟然還記在心裡。

「抱歉啊。」

「這是為了小町。」

「什麼什麼？跟小町有什麼關係？」

由比濱嘴裡塞著麵包問道。

「幫小町祈求順利上榜。」

「戀妹情結……」

請說這是「愛護妹妹」可以嗎？謝謝合作。

× × ×

我們爬到稻荷山上的岔路口，遠眺整個京都。這趟畢業旅行很受老天爺保佑，三天都是晴朗無雲的好天氣。

「哇，好漂亮！」

由比濱對風景發出讚嘆。

雪之下坐在一旁的長椅，累得深深吁一口氣。

這也不能苛責她。我們通過一個又一個牌坊，高度也不斷增加。儘管沿途都是石階路，就高低落差跟運動量而言，依然相當於爬山。

目前我們所在的地方只是開頭階段，再往上走還有數不清的牌坊。不過，單純抱持「到此一遊」心態來觀光的人，大多不會繼續往上爬，來到這裡便很有成就感而折返下山。

我們之後要去其他地方，沒有時間繼續攻頂，而且當中有一個人，似乎沒有體力再往上爬。

「稍微休息一下吧。」

「好……」

我坐到長凳上喝一口茶。涼風吹過運動後稍微發熱的身體，非常舒服。

休息期間，上來參拜的觀光客逐漸增加。

雪之下見狀，緩緩開口：

「差不多該下山了。」

「妳沒有問題嗎？」

「我已把呼吸調整回來，沒有問題。」

於是，我們開始下山。然而，下山的路同樣很辛苦，隨著時間接近中午，遊客越來越多，我們正好跟一波上山的人潮互相衝突。

「真是擁擠……」

好不容易下山後，雪之下已經筋疲力竭。跟上下山路比起來，擁擠的人潮似乎更讓她疲累。

「今天我看不管去哪裡，人都一樣多。」

「……」

雪之下沒說什麼，但是從她冰冷的表情，我可以看出她受夠了這種人潮。現在的我去參加雪之下三級檢定，想必不是問題。

不出所料，接下來前往的東福寺，一如預期地同樣塞滿觀光客。

原來東福寺是京都很熱門的賞楓去處。

雖然這裡是有名的觀光景點，可惜由於位置離京都中心有一點遠，畢業旅行的學生大多不會來這裡。

東福寺最知名的除了楓紅，還有通天橋。

通天橋跨過一條小河，跟寺院連成一體，站在橋上放眼望去，盡是大片的紅色，跟寺院幽靜的氣氛互相襯托，著實給人優雅的印象。

賞楓的高峰期已經過去，不過，通天橋上依然是遊客如織，由此可以想見高峰期的盛況有多麼驚人。

「啊，是戶部。」

我們在人海裡發現戶部跟海老名的身影。

他們站在大片的楓紅前拍照留念。負責攝影的，是置身人群內照樣不減一分爽朗的葉山隼人。他的面前閃過一陣光芒，起初我以為是他牙齒太白，但實際上好像只是相機的閃光燈。

「葉山他們也在啊……」

「他們可能一直都在一起，只是剛才吃早餐時沒有看到而已。」

「嗯，讓戶部跟姬菜單獨行動的話，氣氛偶爾可能會尷尬，有隼人同學他們在也比較放心。」

「……可是那樣的話，結果大概只會是老樣子。」

即使把場景換到京都，他們仍跟平常一樣，四個人玩在一起。如果加入我這種不確定因素，再讓由比濱從旁撮合，多少還可以帶來變化……

「可是，總不可能把他們拆開。」

雪之下這番話中斷我的思緒。她說的完全沒錯。

「也是啦，要是海老名起疑會很麻煩。」

再也沒有什麼感情比自我意識更難應付。不讓海老名產生戒心是最重要的事項。顛覆觀眾的預期、順應觀眾的期待，乃演藝界的基本守則。

「從旁人興奮的程度，可以看出對方是不是準備要告白。周遭的人會起鬨，開要告白的人玩笑。在被對方單獨找出來之前，大多會有這些預兆。」

「那是妳的個人經驗嗎……」

這麼說來，因為雪之下的個性，我常忘記她是個很受歡迎的美少女。

「對被告白的一方來說，那種感覺非常難受。」

「咦？」

「簡直是在眾目睽睽之下被拉上台演戲，真是受不了。」

聽雪之下的口氣，有如打從心底感到厭惡。

說不定海老名也有過類似的經驗。不管怎麼說，她可是個外表清秀，任何男生都會喜歡上、公認的黑髮美少女。既然如此，她對男生的一舉一動反應敏銳，也沒有什麼好奇怪。

「不過，他們好像一直沒有進展……」

嗯，即使想順應這裡的氣氛，還有葉山那群電燈泡在場。

葉山注意到我們，朝這裡揮手。

我跟雪之下自然而然地予以無視，唯獨由比濱發出「嘿～」的聲音，對他們揮手回應。

「喲～」

葉山大概是在對我跟雪之下打招呼。雪之下見狀，倏地看向我。等一下，我又不是妳的口譯……

「你們接下來還要去哪裡？」

我基於社交禮節如此詢問，戶部代替葉山回答：

「我們打算先出發去嵐山。」

「是喔，我們也打算待會兒過去。」

由比濱眼睛眨也不眨地配合戶部。行程不正是妳自己提出來的嗎……這個女生不容小覷。

葉山、戶部、由比濱那三人相處得很融洽，相較之下，另一邊則彷彿冬天提前報到。

「……」

「……」

三浦和雪之下沒說什麼，只是看著彼此。不知道是否為我的錯覺，葉片落下的速度好像加快了。

好恐怖，我想趕快回家……

我下意識地別開視線，結果跟另一個人對上眼。

「比企鵝同學。」

我好不容易從跟現場氣氛格格不入、如歌聲般輕盈開朗的聲音，認出開口的人是海老名——不對，其實她用那種聲音叫我時，我便已聽出來。

平時的海老名姬菜，絕對不會露出那種晦暗的眼神。

海老名叫我的名字後，頭也不回地鑽進人群，消失在其中。她似乎是要離開通天橋，前往庭院。

她的言外之意是要我跟過去。

既然如此，我只有追上去一途。

庭院裡的楓葉同樣美不勝收，許多遊客在此佇足欣賞、拍照。

我早已練就自動避開人群的本領，這種程度的人潮只是小意思。

然而，這樣的我卻遲遲追不上海老名。

換句話說，她同樣擁有這個能力。

海老名站在路邊，觀察來來往往的遊客，同時笑咪咪地等著我。

我總算追到她身邊，跟她一起看著經過的人。

「你沒有忘記我的委託吧？」

她無聲無息地靠近一步。

我來不及反應，說不出話。海老名似乎不喜歡這種僵局，先一步打破沉默。

「說吧說吧，你們男生那邊相處得如何？」

嗯，肯定錯不了，這完完全全是我──我們所知道的海老名姬菜。

「……很不錯啊，晚上還會打麻將。」

儘管內心明白這不是她要的答案，我姑且先這麼回答。海老名聽了，不太高興地鼓起臉頰。

「那樣有什麼意思，我又看不到～可以的話，我還是喜歡看大家聚在一起。」

我可以明白她的話中含意。

那個含意，正是她來侍奉社諮詢的理由。

雖然心裡明白，我卻想不出什麼辦法，至少現階段是如此。

「反正我們也會去嵐山，到時候……」

這種答案連爭取時間都算不上，幾個小時後，事情就要成定局。

「那麼，拜託囉。」

海老名的最後一句話很沉重，在我耳邊迴盪不已。

×　×　×

葉山他們先行離開東福寺，我們則走另一條路線，接著才往嵐山出發。途中，我如願去了一趟北野天滿宮。

我在天滿宮參拜，買平安符，順便買一個繪馬寫下願望。

要是讓由比濱看到自己寫什麼願望，一定又會被她說我有戀妹情結，而且我沒有辦法反駁，於是，我要她們在旁邊等。

「抱歉，久等了。」

「不會。」

「那麼，我們該去嵐山了。」

嵐山是京都有名的觀光地區，春天有櫻花，夏天有翠綠，秋天有楓紅，冬天有白雪，四季皆展現不同魅力。此外，那裡還有溫泉，可以說是集這個國家的美景於一處。

我們搭乘京福電鐵前往嵐山。重現路面電車時代的車體，勾起我們的旅遊興致。

在帷子之辻站換車後，我們繼續搭乘一段路。

電車抵達車站，宛如馬賽克壁畫的楓葉和漸層的山巒便映入眼簾。

原來如此，難怪大人們總是喜歡來這裡，我忍不住發出嘆息。

「……」

雪之下也靜靜地倒抽一口氣。

我們走到渡月橋一帶，看見京都嵐山音樂盒博物館後，轉往嵯峨野的方向。人力車忙碌地來去，一路連接到店面成排的大道上。

這裡的街景整潔別致，還有不少販售速食的店家，從四處飄來的食物香味迅速吸引住由比濱。

一路下來，她左一口可樂餅，右一口炸雞塊，現在嘴巴又塞滿薑汁牛肉包子。

嗯……也是啦，畢竟我們沒有吃午餐，吃這些點心代替午餐是可以理解的。

雪之下見由比濱吃成那樣，不禁露出戰慄的表情，想著是不是該說些什麼。最後，她委婉地嘆一口氣說：

「小心晚餐吃不下……」

由比濱像是聽到老媽的嘮叨，猛然驚覺，接著猶豫地把那些食物遞給我。

「咦……那麼，給你吃。」

「不要……」

為什麼妳喜歡每一種食物都咬幾口……如果是剩下一半，我還願意吃。

她看著滿手的包子、可樂餅，又用求助的眼神望向雪之下。

「咦～～小雪乃，這些要怎麼辦～～」

「唉……我幫妳吃一點吧。」

雪之下把嘴巴塞得滿滿的景象難得一見，我不小心看得入神，甚至有種成功馴養狐松鼠的感動。

我看到一半時，雪之下突然瞪過來。

「你也幫忙吃。」

「好吧，我是吃得下沒錯。」

「啊，那麼，給你。」

由比濱把牛肉包子剝一半分給我。嗯，那樣便沒有什麼問題。我乖乖接過包子，放入口中咀嚼，由比濱看了，發出「噗哧」的笑聲。

她大概覺得很有意思，又把可樂餅分一半給我。總覺得自己像被人類豢養的動物，不過感覺還不賴。不勞而獲的食物最美味。

我們一邊吃東西，一邊走在嵐山的路上。

遇到通往天龍寺的彎路時，我們選擇繼續前行。

過沒多久，左手邊傳來沙沙聲響。

我仰起頭，發現是風吹過蒼鬱的茂密竹林，使樹葉發出摩擦聲。

這裡的竹子多到數不清，它們長得很高，彼此靠在一起，形成綿長的隧道。

和煦的陽光從竹林縫隙照進來，搭配悅耳的聲音，使整條小路散發沁涼的氣息。

這裡就是嵐山導覽手冊和電視節目介紹過的竹林道。

道路本身相當單調，可是，看著兩排不斷往前延伸、如同沒有止境的竹林，讓人越看越像迷宮，有種要被吸進去的錯覺。

「這裡真漂亮……」

由比濱停下腳步，仰頭沐浴在灑落林間的陽光中，輕輕閉上雙眼。

「是啊，而且看看底下。」

雪之下走到籬笆邊，指著自己的腳邊。一進入竹林的陰影下，葉片便沙沙作響。

「燈籠？」

「對。到了晚上，燈籠會點亮這片竹林。」

白中帶青的竹林與暖色系的燈籠彼此襯托，定能讓夜晚的嵐山更加璀璨。我想起自己曾在旅遊雜誌看過那樣的景色。

由比濱似乎想到同樣的事，興奮地繞了一圈。

「太好了！就是這裡！應該沒問題！」

「什麼東西？」

這句話不但欠缺主詞，最後還補一句「應該沒問題」，我完全不懂她在說什麼。

被我一問，由比濱忽然定住不動，難為情地低下頭。

「被、被告白的場所。」

為什麼要用被動式……

雪之下大概覺得她的反應很有趣，泛起笑容。

「這裡很有情調，的確適合做為告白的場所。」

「沒、沒錯！」

「所以，要讓戶部在這裡一決勝負是吧？」

夕陽即將西沉。如同雪之下所說，燈籠即將發出光芒，照亮整片竹林。

一陣晚秋的寒風呼嘯而過。

×　×　×

吃完畢業旅行的最後一頓晚餐，我回到自己的房間。

現在正好輪到我們班泡溫泉，可是，竹林裡燈籠點亮的時間有限，要出去的話，只能把握現在，把泡澡留待後面。

戶部也在房間裡，一副坐立難安的樣子。

「啊～～完了完了，開始緊張啦～～」

大和用力敲一下戶部的背，猛烈的衝擊使戶部連連咳嗽。大和用低沉的聲音說：

「放心。」

「你也要交女朋友啦～之後會不會沒有時間跟我玩啊～」

大岡瞥向戶部說道，戶部反射性地回答：

「不可能啦！啊，不對不對，現在不是想那個的時候。完了完了～～」

下一秒，戶部再度進入緊張狀態，大和朝著他的背部又是重重一拳。

「放心。」

總覺得那個循環會沒完沒了……不過，他們好像玩得很高興。

「連我都開始緊張呢。」

戶塚真是個好孩子。

我也被感染緊張的情緒。緊張緊張緊張，刺激刺激刺激，戶部的告白究竟能不能傳達給對方，讓我們繼續看下去。

始終沒有開口的葉山，這時緩緩起身。

「……我說，戶部……」

「啊？什麼？我覺得自己現在超緊張的～」

「算了，沒什麼……」

兩人沒有交集的對話，有如空轉的齒輪。

「什麼嘛～」

「本來要跟你說加油，可是看到你的臉就說不出來。」

「好過分！啊，不過我好像沒有那麼緊張了。」

葉山不讓戶部看見自己陰鬱的表情，離開房間。

事情發展至此，葉山的態度仍舊不變嗎？

畢業旅行的這幾天——不，其實在更早以前，葉山的態度便很不尋常。他對誰一向都毫不馬虎，也不會出什麼亂子，這使他的異常很難被發現。然而，正因為他太不會出亂子，才會被我這種人察覺。

在葉山之後，我也離開吵吵鬧鬧的房間。

我來到河邊，向葉山搭話。這可是本人難得的大放送，主動對人說話喔！

「這次你真是不配合呢。」

「是嗎？」

葉山早已料到我會跟來，所以沒有轉過頭。那副從容的態度，讓我越來越沒有好氣。

「是啊。而且，你還不斷扯我們的後腿。」

我所知道的葉山，無論何時都會找出最接近正確的答案。在我的認知中，他高舉大道理旗幟的同時，也受到那些大道理束縛。

所以，這次他沒有選擇「支持朋友」這個理所當然的正確答案，讓我覺得不太對勁。

「我沒有那個意思。」

葉山苦笑著轉頭看向我。你少說謊。

「不然，你是什麼意思？」

「……我很喜歡現在這樣，戶部、姬菜、大家一起相處的時間。」

他筆直地看著我，臉上不帶一絲羞怯。

「所以——」

即使他不開口，我也知道接下來會聽到什麼，自己又該回答什麼。

「……如果你們的關係會因此被破壞，代表原本也就不過是那種程度。」

「或許吧。可是……失去的東西，將永遠無法挽回。」

聽他的口吻，如同親身經歷過類似的事。但我對葉山的過去沒有興趣，不打算追問那句話的含意。

他本人同樣無意多提，只用笑聲帶過。

「當作什麼都沒發生、維持平常的關係，或許是個方法。這一點我們滿擅長的。」

「就算那樣，事情也不會變得沒發生過。」

我下意識地帶著確信如此回應。

在這個世界上，總有一些讓人懊悔不已的事。

另外還有一些話，讓人恨不得從來沒說出口。

例如，到昨天為止都能正常交談，經過一個晚上，彼此卻突然疏遠，從此沒再說過話；又如曾經往來頻繁的信件，某一天突然斷了音訊。

若是比較好的情況，至少彼此還能硬擠出笑容，告訴對方「我沒有放在心上，我們仍然可以裝得很要好」。

然而，某種意識已經烙印在腦海的一角，無論如何都無法抹去。彼此會下意識地產生顧忌，在某個時刻漸行漸遠，最後畫上句點。

葉山閉上眼睛開口：

「你說的沒錯。姬菜可能也抱持這種想法。」

「這還用說，你們會想維持只有表面的關係才奇怪。」

我踢開腳邊的石頭，稍微發洩情緒。那顆石頭滾到葉山腳邊，被他拾起。他盯著石頭好一會兒，像是刻意不看我的臉。

「是嗎……我不認為我們的關係只有表面。現在這個環境，對我來說就是一切。」

「不，當然只有表面。不然戶部要怎麼辦？他可是很認真的喔，難道你不願意為他著想？」

面對我的質問，葉山握緊石頭。

「我勸過他好幾次，要他打消念頭。姬菜不可能對現在的戶部有意思……不過，未來會變得如何，我也不知道。所以我不希望他急著做出結論。」

咻──石頭被他扔進河川，在水面彈跳幾下，最後沉進河底。

「畢竟有些東西，不要失去比得到更重要。」

他凝視著水面，如同在尋找消失的石頭。可是，不論他看多久，那顆石頭都不會出現。

到頭來，我跟葉山都是以「損失已經造成」為前提，他才會那麼說。

他深知那層關係，總有一天會消失；不論再好的友情，最後終將結束。因此，如果真的很珍惜，便應該好好努力，不要讓它消失。

然而，那些都是詭辯。

「真是自私的藉口，不過是為自己著想罷了。」

「要不然——」

葉山的語氣變得急躁，他帶著滿滿的怒意瞪視我。我也同樣瞪回去，不逃避他的視線。

他為突如其來的暴躁感到羞愧，深深吐出一口氣，讓自己鎮靜下來，接著緩緩開口：

「……不然，你要怎麼辦？如果是你，你會怎麼做？」

「我會怎麼做，一點都不重要。」

如果是我，一定會這樣做——這種念頭無濟於事。畢竟我不是葉山，更不可能是戶部。

我會怎麼做一點都不重要，問題不會就此解決。所以，我不想觸及這個議題。

「簡單來說，你不想改變現狀，對吧？」

「……嗯，沒錯。」

葉山好不容易才擠出這幾個字。從他平時的模樣，我很難想像這個人也會焦躁與苦惱。

即使如此……

我能體會他不想改變現狀的念頭。

沒錯，我能理解。

有些時候，傳達自己的意思、坦率說出心裡的想法，不見得是最正確的答案。有些關係由不得人們踏出腳步，容不得人們跨越，禁不起人們摧毀。在漫畫或連續劇中，大家總是輕而易舉地跨進他人的領域，最後迎向圓滿結局。然而，在真實生活中，不可能有那麼美好的事。現實只會更加冷淡、更加殘酷。真正重要的事物，是找不到替代品的；一旦失去無可取代的事物，再也沒有辦法挽回。

現在的我無法責備葉山軟弱，無法看不起他、嘲笑他膽小。不向前踏出腳步也好，繼續處於安逸的環境也罷，我一時想不到該如何否定他們得出的答案，也找不出他們的答案有什麼不對。

我既無法否定，也無法反駁，後來是葉山先死心，微微嘆一口氣。

「你說的對……這不過是我自己的任性。」

他落寞地笑起來。

那種笑容讓我很不滿意。

「葉山，你最好別小看我，我不會這麼輕易相信別人的話。」

本人可是有著差勁的個性，動不動便想解讀話中之話。

「所以，我也不相信你說那是自己的任性。」

「比企谷……」

葉山的臉上滿是愕然，但是，這其實沒有什麼好驚訝。

那大概也是另外某人的願望。

一定還有人跟我一樣。

例如，某位用謊言偽裝自己，藉以守護一切的女生。

葉山隼人不願意傷害任何人。他這次做不了什麼的原因，是一旦踏出禁忌的一步，將有其他人受到傷害、其他東西被毀壞殆盡。

有誰能夠否定，為了守護這一切而苦惱的人？又有誰能否定，視不跨入他人領域為正義的理念？

我們的高中生涯極為有限，這點不用多說。

我們活著的世界，狹窄到可笑的地步；我們在世的時間，短促到教人無奈。

難道有誰能指責，珍惜這些有什麼不對？

不必等到失去，即可明白這一點。

我已經決定好，自己該做什麼事。

葉山隼人擁有的太多，每一樣都彌足珍貴。因此，他沒有選擇的餘地。

比企谷八幡從一開始便沒有選擇，只有一條路可以走。因此，他沒有選擇的餘地。

說來諷刺，我跟葉山除了「沒有選擇」之外，再也沒有任何相同之處。

我不明白葉山想守護什麼。

不明白沒關係，正因為如此，我才有辦法行動。

我轉身離開河岸，背後傳來葉山的聲音。

「我最不想拜託的，就是你……」

笨蛋，彼此彼此。

人人稱頌戀愛、讚揚友情，只不過，那僅限於勝利者。

沒有人會聽失去一切的敗者嘆息。

那麼，就由我來聽、我來高歌吧。

這是臨上刑場的囚犯，故作鎮定哼的小曲；亦是送給苦苦單戀、得不到芳心，

只能故作堅強者的鎮魂曲。

9 他跟她的告白都沒有傳達給任何人

竹林道裡亮起點點燈籠光芒。

每隔幾步，便有一盞白色燈籠照亮蒼綠色的竹林。夕陽完全隱沒，輪到月亮高掛天空，淡淡的光暈籠罩四周。

如果將「溫柔」具體化，想必是這樣的光景。

混雜偶然與人為安排，經過精心設計、加油添醋，包裝得漂漂亮亮的景色，若不是溫柔，還會是什麼？

這裡是為戶部特別準備的舞台。

為了完成這個舞台，每個人都撒了小小的謊。

由比濱隨便編一個理由，把海老名找出房間，帶她來到這裡。

大岡跟大和應該各有盤算。他們並非單純為了支持朋友，還夾雜幾分看好戲的心態，不過仍乖乖地板起面孔壓下這種心情。

儘管三浦本人不在現場，但她想必知道接下來會發生什麼。她沒有過問或阻止，而是裝作什麼都不知道。

葉山想支持戶部卻辦不到，但他還是來到這裡。

每個人都撒了謊。

唯有一個人例外，雪之下的表情比平常多出幾分冰冷。

我們在竹林道的最深處，等待海老名到來。

葉山、大岡、大和都不打擾戶部，站在一旁默默看著。戶部連續深呼吸，七上八下地盯著前方。稍早我去叫他的時候，他幾乎快要等不及，緊繃到全身僵硬。

「戶部。」

「比、比企鵝……嘶～～怎麼辦怎麼辦，我現在超緊張的～～」

他帶著生硬的笑容看著我。

「我問你，如果你被甩了要怎麼辦？」

「咦？我還沒告白你就問這個，會不會太過分……啊，好像沒那麼緊張了。原來如此，你又想用那招來測試我的決心對吧？」

「不要囉嗦，快點回答，海老名快到了。」

現在不是開玩笑的時候，我的口氣嚴峻起來。戶部察覺到這點，換上認真的神情。

「……我當然不會放棄。」

他看向竹林的另一端。

「我啊，個性一直隨隨便便的，之前跟別的女生交往也很隨便，可是，這次我是很認真的。」

聽到這裡已很足夠，我也說出毫無虛偽的真心話。

「……我知道了。那麼，你要努力到最後一刻。」

「喔喔！你果然是好人！」

「才不是咧，笨蛋。」

戶部拍著我的背說道，我撥掉他的手，走回原本的位置等待。這裡正好是竹林道彎過轉角的地方，從海老名過來的方向很難看到我們。

看我回來後，由比濱跟雪之下對我開口。

「其實你也有優點嘛。」

「你今天是吃錯什麼藥？」

她們露出笑容，語氣中帶點笑鬧。

「別開玩笑，我是認真的。照這樣下去，戶部一定會被拒絕。」

兩人聽到我的回應，表情略微陰沉下來。

「確實有可能。」

「嗯，是啊……」

為了那一刻，我早已準備好如何應對。

「現在還有一個圓滿解決的方法。」

「什麼方法？」

由比濱疑惑地詢問。不過說真的，我實在不怎麼想說出口。雪之下看出我難以啟齒，微微嘆一口氣，露出淺淺的微笑。

「……好吧，交給你。」

由比濱也點頭同意。她們沒有深入追問真是萬幸。

這時，我看見另一端出現海老名的身影。

我們從轉角把戶部送出去。

海老名經過一個個間隔相等的燈籠，往這裡接近。

戶部站在原處，緊張地等待。

「那個……」

「嗯……」

他首先開口，海老名跟著應聲。

光是從遠處觀看，我便覺得胸口隱隱作痛。

戶部告白的話，一定會被拒絕。這一點無庸置疑。

之後，他們在教室裡會開始別開視線，即使對上眼也只會尷尬地笑幾聲，接著開始在意對方，逐漸拉開距離，到最後，自然而然地不再有所互動。直到換班級之前，戶部或許都不會死心，但是，不論他再怎麼努力，我都不認為他能改變結果。

可是，如果現在先跌一跤，未來說不定會出現變數。

戶部應該明白那種可能，以及捨棄現有人際關係的風險。

我想，他其實已經做好相當的覺悟。

可是，其他人呢？

珍惜現有人際關係的，並非只有戶部一人。

圍繞在他們身邊的人，都在同一條船上。

因此，她才向侍奉社提出委託。

因此，他才那麼苦惱。

這三方的願望，最終都導向相同的結論——「不希望失去」。儘管箭頭的指向不同，緊緊抓著「不願失去」的想法並沒有不同。

「那個，我……」

「……」

海老名完全不開口，雙手端莊地交叉在腰前，靜靜等待戶部說下去。她臉上掛著透明、沒有情感的笑容。

啊啊……跟我想像的一樣。

到了這個階段，若想成全委託，只剩下一個解套的辦法。

讓戶部不要被拒絕，又能保住男生團體內的友情，同時跟海老名她們維持良好關係……這樣想想，要解套的話，還真的只有一個辦法。

關鍵在於時機，以及長時間醞釀造成的衝擊。

現在必須從人類意識的外側投下震撼彈，將一切完全扭轉。有什麼東西可以瞬間改變現場氣氛，吸引到最多的注意力，把主導權搶過來呢……

真受不了，我討厭自己到了緊要關頭，只想得出這種低賤的手段，還是前一陣子材木座用在我身上的招式。竟然得感謝那個傢伙，想到這裡便覺得作嘔。

「其、其實啊……」

戶部終於下定決心要說出口。

同一時間，我的身體動起來。

海老名聽到他開口，肩膀顫抖一下。

剩下十幾步。

戶部暫時打住，筆直地看向海老名。

有沒有辦法趕上？

海老名將視線移向腳邊的燈籠。

——要說就趁現在。

「我從以前便很喜歡妳，請妳跟我交往。」

海老名驚訝地瞪圓雙眼。

這是當然的，連我自己都嚇一跳。

戶部眼見原本要說的話被我搶走，愣在原地，露出驚呆的表情。

海老名聽到我的告白，稍微遲疑一會兒，馬上說出標準答案：

「對不起，我現在不打算跟誰交往，不論是誰來告白都一樣。如果你要說的只有這件事，我要先走了。」

她低頭行一個禮，小跑步離去。

戶部張著嘴巴，身體動彈不得。他失去開口的黃金時機，再也想不出該說什麼，直到現在仍然開不了口，只能搔搔頭，把臉轉向我。

「她是這麼說的。」

我聳聳肩，如此告訴戶部。戶部把頭髮往上撥，怨恨地看著我。

「比企鵝……你太過分了吧……不過，在被拒絕之前聽到答案也好……」

他不停喊著「過分、過分」，宛如叫聲就是那樣的動物。

站在附近觀察的葉山走過來，輕敲一下他的頭。

「現在還不到時候，多享受一下大家目前的關係吧。」

「好吧……她也只是說『現在』還不想交往。」

戶部稍微嘆一口氣。

他拖著腳步走過來，往我的胸口輕敲一拳。

「抱歉，比企鵝，但我不會認輸的。」

他露出人見人愛的燦爛笑容指著我發出宣言後，心滿意足地離去。大岡與大和在前方等著，對他又是摟肩又是拍背。

葉山也在戶部之後離去。

他經過我身邊時，用只有我聽得見的音量開口：

「抱歉。」

「你道什麼歉？」

「我明明知道，你只會用那種方法……抱歉。」

他臉上滿是憐憫。那不是瞧不起我或嘲笑我，而是純粹為我感到同情與可憐。

我費盡力氣才克制住自己，沒有因為羞恥和憤怒而對他揮拳。

葉山走遠之後，他的眼神依然烙印在我的腦海裡。

在那群傢伙匆匆離開之後，竹林裡的氣溫一口氣降低許多。

只剩下我、雪之下、由比濱留在此處，她們跟我相隔一段距離。

事情總算落幕，我鬆一口氣，準備走回她們那裡，一起回去。

然而，雪之下佇立在原地，雙眼直瞪著我。

看到她冰冷、充滿責備的視線，我的腳步開始躊躇。算我拜託妳，可以稍微口下留情嗎？剛才葉山那番話，已經讓我受到預料之外的傷害。

雪之下當然不可能聽見我心中的想法。

她的目光如刀刃般銳利，絲毫沒有減緩。一旁的由比濱只是低著頭，不知該如何是好。

「……我很討厭你的做法。」

來到雙方僅隔幾步的距離，雪之下終於開口。

她按著自己的胸口，用力瞪視過來，無從宣洩的怒氣從雙眼溢出。

「雖然說不出為什麼，我自己也很焦躁……總之，我非常討厭那種做法。」

「小雪乃……」

看到這麼生氣的雪之下，由比濱比誰都還要心痛。她的喉嚨發出「咕嘟」一聲，再度垂下視線。

雪之下見我遲遲沒有回應，張開嘴巴又要說什麼，但聲音就是出不來。最後，她索性閉上嘴巴，緊咬住嘴脣。

染紅的楓葉在風中飛舞，她別開視線，轉而追尋那些楓葉。

「……我先回去。」

雪之下冰冷地拋下最後一句話，旋即轉身離去。

她的腳步比平常快，似乎巴不得早一刻離開此處，即使我現在踏出腳步，恐怕已追不上她。

被留下的由比濱無力地笑道：

「我、我們也回去吧。」

她勉強自己擠出開朗的聲音。好在看透這個人，不是什麼難事。

「……嗯。」

於是，我們踏上回程，由比濱緊跟在我身後。一路上，她不斷對我提出各種話題，以免我們之間陷入沉默。

「哎呀～那個方式失敗了～真是嚇我一跳，而且姬菜也錯過回應的機會。」

「嗯。」

「嗯，可是……我是真的嚇一跳，以為你是認真的。」

「怎麼可能？」

「也是啦，啊哈哈……」

我們在不著邊際的對話中，走到竹林出口。這時，由比濱的腳步聲突然消失。

「可是——」

她說出這個字眼，抓住我的衣襬。我跟著停下腳步，轉過頭去。

「可是……下次，不要再這樣做。」

真希望她不要笑著說這種話。那笑容看得我好痛苦、好難受，我不禁別開視線。跟受到憐憫、被痛罵一頓比起來，對方像這樣露出微笑，反而讓我最難以忍受。

「那是最有效率的方法，如此而已。」

我只說得出這句話。其實，我可以用更有邏輯的方式說明，也有信心搬出所有冠冕堂皇的詞句，把自己的行為正當化。然而，那些話只是沉積在我的心底，默默地腐壞。

「那不是效率的問題……」

由比濱低著頭，說話聲卻相當清楚。

「他們之中也有人不希望解決問題，認為維持現狀比較好。要同時滿足所有人是不可能的，所以，唯一的做法是尋求折衷方案。」

說著說著，我注意到自己同樣在詭辯。這不過是將自己的責任，推諉給沒有實體的某個人、某個物體，這正是我最厭惡的「欺瞞」。

由比濱不可能沒有發現。

她吸一下鼻子。

「戶部沒有被拒絕，隼人同學他們還是很要好，姬菜也不用放在心上……從明天開始，大家或許能維持之前的關係，不需要改變什麼……」

她的聲音在顫抖，使我無法反駁；她的手指也在顫抖，使我無法動彈。

我甚至無法正眼看她，僅能僵著身體，默默地不說話。

「可是……可是……」

她稍微鬆開我的衣襬，再重新用力握緊。

「請你多考慮一下，別人的心情……」

接在這句話之後的是微弱的呼吸聲。

「……你明明知道那麼多事情，為什麼就是不明白這一點？」

我當然明白——明白一旦改變，便無法回到從前。不論事物改變成什麼型態，人們都將無法挽回。這一點我可以斷言。

可是，被由比濱緊握的外套顯得格外沉重。

她的力氣不大，我卻感覺肩頭好沉重。當她把手鬆開後，外套上應該會多出好些皺褶吧。

「我討厭這個樣子。」

由比濱像小孩似地嘟噥，接著放開我的外套。

她踏出腳步，逐漸離我遠去。

這種時候，我不可能追過去。

我只是仰望夜空。

竹林構成的隧道內，散發白中帶青的光芒。這裡的空氣沁涼，有如快要結凍。

天空中的月亮，早已不見蹤影。

× × ×

站在京都車站的屋頂，可以飽覽這裡的市景。

近代建築和神社佛閣交雜，市井小民的生活藏於其中。

雖然近千年以來，這座城市從未改變，它的面貌卻日日不同。

既有千年王城的名號，每天又不斷改變。

不過，眾人之所以讚揚京都，其實在於它不變的一面。人們喜愛這裡，正是因為這裡的根源和本質長期維持不變。

換句話說，不論受到什麼樣的外力扭曲，本質部分永遠不會改變。

這樣說來，人的本性也不會改變——不，應該說是無法改變。這無疑是「不變」的最佳佐證。

不過，我希望相信，「保持不變」永遠是正確的選擇。

畢業旅行的最後一天，等待搭乘新幹線前的短暫時間，我沒有去逛紀念品店，而是在這裡等一個人。

我看見對方特地從漫長的樓梯爬上屋頂，往這裡走來。

她正是在駛往京都車站的公車上，跟我擦身而過時對我悄悄說話，約我在這裡見面的人。

「哈囉哈囉～等很久了嗎？」

我搖搖頭，表示沒有等很久。

她留著一頭及肩黑髮，戴著紅框眼鏡，輕薄的鏡片後方是一雙清澈的眼睛，五官跟身體略顯小巧。如果她坐在圖書館的櫃檯前，想必是一幅賞心悅目的景象。

她是海老名姬菜，亦即我這次的委託者。

「我想跟你說一聲謝謝。」

「妳不需要道謝，因為我沒有達成妳的委託。」

我簡短回答，再度望向京都市區。不過，海老名接著說：

「表面上看來是如此，不過，問題已經確實解決了。」

「……」

我用沉默做為回應。

對我來說，海老名是異於常人的存在。

她的個性開朗，但其實很機伶，使我常常忍不住想解讀她的話中之話。乍看之下，她是一個沉穩的人，而且能毫無隔閡地跟我互動，這種類型的女生通常都很危險。基於國中時代的經驗，我養成面對這種女生時，要深入解讀她們言行舉止的習慣。

因此，她正大光明地告訴大家自己是腐女，令我感到不太自然；這次她來侍奉社委託時，我也忍不住想探究其真意。

以這次的事件來說，她希望男生們好好相處的真意，即為讓他們遠離自己，並且先為戶部的告白築起防火牆。

我想，她不只找過我們侍奉社，也跟葉山討論過。

所以，葉山才會苦惱，只想得出頭痛醫頭、腳痛醫腳的半吊子解決方案。

「這次很謝謝你，你幫了大忙喔。」海老名愉快地說道。

我回過頭，看見她展露放心的微笑。既然她擁有那樣的笑容，應該代表她的潛力不只如此。想到這裡，我脫口而出一句不怎麼重要的話。

「……雖然戶部不怎麼可靠，又是個廢物，但人其實滿好的。」

「不可能不可能，這點你應該明白吧？就算我現在交男朋友，也不可能發展得很順利。」

「怎麼會……」

「當然會。」

她毫不遲疑地接下去。

「因為，我已經墮落到這個地步。」

海老名的笑容突然凍結。這句話像極了某人的藉口。

「……那也沒辦法。」

「是啊，沒辦法。我無法理解別人，也不希望別人理解自己，所以不可能跟人好好交往。」

她口中的「墮落」，是指自己的興趣，抑或自己的個性？不過說實話，這個問題根本沒有問的必要。

我們對彼此淺淺一笑，海老名把下滑的眼鏡扶好。由於鏡片反光的緣故，我無法看出她此刻的眼神。

「不過——」

她忽然補充這一句，抬起略微泛紅的臉，恢復以往的開朗笑容。

「如果對象是你，說不定可以好好交往喔。」

「就算是開玩笑，也別隨口說出那種話，我可能真的會不小心迷上妳。」

這個玩笑開得有點過火，旁人聽了肯定會忍不住噴笑。海老名大概也覺得很有趣，笑得肩膀抖動。

「像你那樣坦率面對覺得無關緊要的人這點，我並不討厭。」

「真巧，我也不討厭自己的這一點。」

「我也不討厭自己可以脫口說出言不由衷的話這一點。」

我們挺起胸膛，露出陰沉的笑容。

「我啊，很滿意現在的自己跟周遭的環境。這樣的日子，我已經期盼很久，要是失去了，不覺得很可惜嗎？我喜歡這樣的環境，還有圍繞在身邊的人。」

海老名的視線拉遠，望向漫長樓梯的底部。我看不出那裡有什麼人，不過在她的眼中，一定是看到了某些人。

她小心翼翼地逐階走下樓梯。離去之際，她留給我最後一句話：

「——所以，我討厭自己。」

我沒多說什麼，只是目送她的背影縮小、遠去。

其實我有試著開口，但是，腦袋完全想不到可以說什麼。

我們無法讚美，也無法責備對自己撒的小謊。

因為我們懂得「珍惜」，懂得「不願失去」。

於是，我們學會隱瞞、學會欺騙。

然而也因為如此，我們終將失去什麼。

失去之後便是悲嘆。悲嘆早知道會失去的話，不如一開始便不要擁有；悲嘆早知道放開手會後悔莫及的話，不如一開始便死了這條心。

在不斷變化的世界中，有些關係勢必得跟著改變；還有一些事物，一定會毀壞得永遠無法復原。

所以，每個人都會說謊。

——然而，最大的說謊者，其實是我自己。

B.T!

BONUS TRACK！女生們的 We Will Rock You ♡

本 BONUS TRACK 是由《果然我的青春戀愛喜劇搞錯了》第七集限定特裝版附贈之廣播劇CD內容改寫而成。CD內容是銜接第六集正篇的後續。另外，在改寫成小說的過程中，有部分內容與廣播劇相異，還請多加包涵。

我們常聽到「慶功宴（註56）」這個字眼，但我到現在還是想不通，為什麼每次大家共同完成一件事，總會舉辦慶功宴？要找到可以容許發射次數那麼頻繁的地方，大概只有佛羅里達州跟種子島之類的發射基地吧。

只要處在地面上，發射升空的東西終將落下，這是大自然的定理。同理可證，參加慶功宴的人，心情一定也會落到谷底。

註56 原文為「打ち上げ」，同時有發射升空之意。

在古希臘時代，伊卡洛斯憑著一股勇氣，披著蠟造的翅膀直衝天際。至於後續發展，如同大家所知，他的翅膀被太陽融化，最後墜海殞命。

由此可見，目標越是高遠，越是只有死路一條。不瞭解自己的極限便想飛上天空，絕不是什麼勇氣，頂多算是無謀。那是愚者的行為，跟勇者相差十萬八千里。

真正的勇者懂得看現場氣氛，或者說是畏懼現場氣氛，而不參加慶功宴。

基於上述幾點，可以得出結論：有勇氣的賢者不懼孤獨，碰到假鼓勵真強迫參加的活動，更是絕不會點頭。

我才不會去，我說不會去就是不會去……我、我是絕對不會參加慶功宴的！

×　×　×

說短不短、說長不長的校慶終於畫下句點。

不過，那是對一般的學生而言，身為校慶執行委員會記錄雜務組的一員，尚有撰寫報告這項任務等著我。話說回來，為什麼這份工作會落到我頭上？我不能接受……唉，算了，工作本是如此。只要上級一個命令，底下的人便只能乖乖照辦。這不是會不會做的問題，做就對了。

這份簡直是硬塞過來的工作，總算也要到完成的一刻。有時候，連我都為自己的優秀程度感到恐懼。我加快速度，進入總結部分，最後，畫下真正的句點，因此吁了一口氣。

「……好，就這樣吧。」

由比濱聽到我的聲音，迅速抬起頭。

「啊，你寫好了嗎？」

「嗯，差不多，之後的帶回家寫。」

她問過我的狀況，又看向雪之下。

「小雪乃呢？妳的意願調查表寫好了嗎？」

雪之下放下筆桿，大概同樣是完成了。

「嗯，接下來只要交出去即可。」

由比濱確定我們都完成後，興奮地從座位上站起，大大張開雙手。

「好，大家一起去後夜祭吧！」

「才不去。」

「我不去。」

我跟雪之下難得展現絕佳的默契。下一秒，社辦陷入沉默，由比濱失望地坐回椅子上，用不安的視線對我們央求。

「真、真的不去嗎？」

「不是早就說過。反正我去了，只會破壞氣氛。」

雪之下聞言，面帶笑容對我說：

「你每次都是這樣。我們是不是該用社費買一台空氣清淨機？」

「喂，玩笑不能那樣亂開啊。不要害我想起國中時代，被班上女生從遠處拿止汗劑狂噴的事。」

我絕對不會忘記。那時，夏天的腳步已經很接近，某天體育課結束後，坐在隔壁的須賀緩緩地——算了，我還是別再說下去，否則心情會更差。

由比濱察覺到我的心情，用同情的語氣說道：

「哇……聽了好難過……可、可是，她們至少不是噴空氣清新劑嘛。每次爸爸經過哪裡，我都得噴一下。」

「這完全沒有安慰到我，而且令尊那樣很可憐耶，不要傷他的心好不好……」

我本來是要被安慰的人，結果卻變成在安慰人。唉，家裡有這種年紀的女兒，身為爸爸真是辛苦。

所謂「子女不知父母心」，這裡就有一個典型的例子。由比濱被我一說，開始盯著空中思考，喃喃說道：

「啊，的確……爸爸他啊，總、總覺得有點奇怪……」

我不知道她在想什麼，反正現在的重點，是再次表明自己不參加的堅決意志。

「總而言之，我不去慶功宴。跟一堆人擠來擠去，只是浪費時間。」

「哪裡是浪費時間？」

由比濱對我的言論大表不滿，雪之下則抱持相同意見。

「即使我跟比企谷同學去了，確實也沒有什麼事可做，只能枯坐在那裡。」

「不用擔心，不是還有我嗎？」

由比濱信心滿滿地指著自己，然而，事情不會那麼順利。

「這正是陷阱所在。」

「咦？」

由比濱無法理解我的意思，連眨好幾下眼。

「假設我跟妳是好朋友，我接受妳的邀請參加慶功宴。現在問題來了，妳能跟我要好的話，代表是一個有很多朋友、廣受歡迎的人物，不論走到哪裡，都有一大堆人搶著跟妳聊天。妳跟其他人聊天的時候，我便落入無事可做的狀態，再加上沒有其他認識的人，結果只能埋頭拚命吃東西。基於這些原因，我才從一開始便打定主意不去。」

緊接著，雪之下也補充：

「所謂的宴會跟典禮，不過是大家社交寒暄的場合。這樣一想，反而輕鬆得多。」

「總覺得好有真實感，真可怕……」

由比濱有點被雪之下的笑容嚇到，我自己也好像瞥見上流社會的黑暗面。雪之下到此暫且打住，對由比濱提出建議。

「由比濱同學，我跟比企谷同學都沒有參加的意願。不過，如果妳舉出參加的好處，或許我們還有重新考慮的可能性。」

「沒錯，例如不需再用護髮乳（註57）、添加潤膚乳，或是碰到冷水會變鴨子之類的。」

「那些都是洗髮精吧……等一下，最後那個是珊璞（註58）嗎？」

不對，碰到冷水會變鴨子的是沐絲才對。

「好啦，快點說說看，什麼都行。」

由比濱把手放到嘴邊，開始腦力激盪。

「嗯……啊，大家一起去的話，很、很快樂？」

「這個優點太主觀，欠缺說服力。」

雪之下十分乾脆地打回票。

「那、那那那麼……大家一起吃東西會特別好吃！」

「在意別人都來不及了，哪裡有心情吃東西？」

這次輪到我打回票，但由比濱再接再厲。

「大家一起熱熱鬧鬧地玩……對、對身體很好……」

「我不認為那麼多人在夜晚狂歡，是什麼健全的活動。」

雪之下沉著地用正論反駁，由比濱還是不放棄。

「嗯嗯嗯……留下珍貴的回憶？」

註57　原文的好處為「メリット」，出自英文「merit」。這個字同時是花王洗髮精的品牌。

註58《亂馬1／2》的角色，碰到冷水會變成貓，名字由來即為洗髮精。下一行的沐絲亦同。

「喔，這個我知道，就是寫成『回憶』念成『創傷』的玩意兒。」

即使是由比濱，也終於絞盡腦汁，她含著眼淚抱頭苦思。

「嗚嗚嗚～～再等一下，我正在想！」

怎麼還不放棄……

「這樣啊。那麼，比企谷同學，你利用這段時間列舉一些缺點如何？」

雪之下見由比濱怎麼樣都不放棄，於是面帶微笑提出這個惡魔主意。不過，跟她一搭一唱的我沒有資格說什麼。

「嗯……首先，要花錢。」

「小氣鬼……」

由比濱難過地嘟噥，雪之下則對我露出燦爛的笑容。喔？哼哼，我已經猜到她接下來會說什麼。

「不愧是比企谷同學，一開口便提錢的事。」

「是啊，金錢管理可是家庭主夫的必備技能。」

我得意洋洋地回嘴，雪之下立刻露出被打敗的表情。

「本來是想挖苦你的……」

「他已經習慣了嘛。不過，聚餐的確要花不少錢。就算不是在店內用餐，自己舉辦火鍋趴章魚燒趴或者咖哩趴也一樣。」

由比濱好像念了什麼咒語。想必不只有我不懂她在說什麼，雪之下也一樣。

「鍋？燒？趴？不好意思，我完全聽不懂妳在說什麼，請問那是哪個國家的語言？」

「喔，那是火鍋派對、章魚燒派對跟咖哩派對的簡稱。」

「用火鍋跟咖哩是要怎麼舉辦派對？在咖哩飯上插蠟燭嗎？」

還是大家用裝滿火鍋料的碗乾杯？

聽到我的疑惑，由比濱神采奕奕地回答：

「大家聚在一起做料理，做好了再一起吃！」

只是這樣喔……我這樣想，雪之下倒是注意到別的地方。

「妳也一起做料理嗎……千萬不要找我參加那種派對。」

「放心啦！我每次都負責準備飲料！」

「知道自己的廚藝很差勁，的確滿了不起的……」

這時我才發現，我們早已偏離原本的話題。

「……總之，不管是慶功宴或同學會，我為什麼要花錢去製造一堆不好的回憶？」

「嗯……真的是那樣嗎？」

由比濱開始思考，雪之下瞄我一眼。

「應該還有吧？比企谷同學。」

「當然。努力跟其他人聊天，結果聊得太忘情，多嘴說出不該說的話。」

「啊啊……的確，每次一直提醒自己不要跟處不好的人聊太多，最後卻連不必說的話都說出來……」

「現在反而是由比濱同學漸漸被說服……」

看來差不多可以做出結論了。

「所以，全體都同意不去對吧？」

「無異議。」雪之下表達贊成。

「咦！」

根據多數決的結果，參加慶功宴的提案不通過。可是，由比濱仍未放棄，還是努力地轉動腦袋。

「唔唔唔唔唔～還有什麼優點、還有什麼優點……啊，大家聚在一起很開心！」

經過一番苦思，她再度擠出答案。

「……」

「……」

聽到這個優點，我跟雪之下一時不知該做何反應，因而沉默下來。由比濱把我們的無聲解讀成否定，死心地嘆一口氣。

「唉，看來真的沒有辦法。」

「……呵呵。好吧，那姑且當作一個優點。」

雪之下溫柔地微笑，由比濱立刻露出喜悅之情。

「真的嗎？那麼，小雪乃要不要一起去？」

「嗯，我可以陪妳去露個臉。」

由比濱有雪之下作伴，應該不會再有意見；再加上我的話，反而讓她戰戰兢兢，所以還是退出為妙。

「我就不用了，何況大部分的人也不希望我出現。妳們不用在意我，盡情去玩吧。」

由比濱聽我這麼說，雙手放在大腿上顯得扭扭捏捏，並且有意無意地看過來。

「還、還是會在意啦……」

「啊～～要我講幾次不用在意……」

「嗯、嗯……」

再這樣耗下去，連我都會介意。於是，我決定速速離開現場。

「那麼，我先回去啦，小町大概已經做好晚飯。」

「嗯，代我向小町問好。」

「我會的。」

「咦？你真、真的要回去？」

「是啊，再見。」

我打開社辦大門走出去。時間拿捏得剛剛好，現在正好可以從校舍看見夕陽緩緩落下。

就這樣，我的校慶終於落幕。慶典的狂歡氣氛早已遠去，殘留在校園的餘溫也在不知不覺間冷卻。走在走廊上，僅有兩三句學生的交談，如海浪聲在耳畔迴盪，心中隨之亮起微明的燈火。我不禁覺得，校慶結束後，懷著這樣的心情踏上歸途其實也不賴。

……果然我的青春戀愛喜劇搞錯了。

（完）

×　×　×

我依稀聽到這樣的聲音。

「妳真是不死心……」

「怎、怎麼可以就這樣結束！」

離去之際——

我回到家，走上二樓的起居室。

「我回來了。」

「喔？哥哥，歡迎回家～」

小町聽到我的聲音，把頭探出來。

「小町，晚餐呢？」

「咦？啊？嗯……小町以為哥哥會去慶功宴，所以沒有準備……」

「什麼啊？真不像妳。過去不論是合唱比賽或畢業典禮，活動一結束，我都直接奔回家，這次當然也一樣。」

之後去參加成年禮，八成還是會這樣。

「嗯～可是哥哥明明那麼辛苦……」

她不太理解我為何如此決定，我倒是覺得這很正常。

「就是因為那麼辛苦，不想再把自己弄得更累，才不去慶功宴啊。」

「嗯嗯～這的確也是一種想法，果然是哥哥的作風。好吧，那麼，晚餐要吃什麼呢～」

小町雙臂抱胸思考著，這時，她的手機傳出鈴聲。

「妳的手機響囉。」

「來了～」

她拿起手機，按下接聽鍵。

「喂，這裡是小町～」

「啊，小町嗎？是我是我。」

我從聽筒聽見一絲對方的聲音，但隨即被小町的話聲蓋過去，所以判斷不出是誰打來的。

「啊，妳好妳好，感謝妳平時的照顧。」

「妳是上班族嗎……」

有那麼一瞬間，我真的以為她打算出去工作，養我一輩子。然而，小町聽到我的吐槽反應很冷淡。

「哥哥不要吵，小町在講電話啦……真是不好意思──嗯？喔……哇～這樣啊。好，瞭解，包在小町身上☆」

小町結束通話後，不知在思考什麼。

「嗯……首先……」

接著，她又拿起手機，快速打起簡訊。

「打完電話又傳簡訊，妳還真忙碌。」

「在大腦把事情忘記之前趕快行動是很重要的──好，送出。」

「是嗎……如果妳不要忘記晚餐的事，哥哥會更高興。」

小町聽了，把臉轉過來。

「啊，說到晚餐，反正家裡沒有準備，我們去外面吃吧。」

「咦？在家裡就好啦。不然，由我來做。」

我懶得再出門，只想在家好好休息，小町的態度卻很堅決，說什麼都不肯讓步。

「不行不行，哥哥在執行委員會那麼辛苦，今晚應該去外面大吃一頓，好好慰勞哥哥。」

「真要慰勞的話，我更希望吃到妹妹親手做的料理。」

我下意識地脫口說出幫自己加分的話。若問這句話有哪裡幫自己加分，自然而然地說出這句話本身，即為對自己很大的加分。

「哥、哥哥……笨蛋，大笨蛋！那麼高等的技巧是從哪裡學來的？哥哥明明跟垃圾一樣沒用，學會挑逗女人心的話，未來豈不是註定走上小白臉之路？」

小町本來被我的甜言蜜語打動，誇張到差點昏過去，但她馬上恢復理智，開始數落我一番。

「說得好過分……」

「總之，今晚就決定出去吃飯！Let's Go！」

聽到小町罵我是垃圾，我大受打擊，結果被她趁虛而入，強行決定出去吃飯……

× × ×

我們在街上閒晃，物色要去哪裡吃晚餐。

「好，選在這附近吧。」

「結果還是回到學校附近……那麼，要吃什麼？拉麵還是咖哩？」

「難得到外面吃飯，挑一些更好的東西啦。」

兩人閒聊到一半，一個人影冷不防出現在眼前。

「哎呀，聽到那種話，我可不能坐視不管。」

「咦？平塚老師……」

這位美女教師的登場方式，真是帥氣得一塌糊塗，可惜一開口便完全破功。

「拉麵是至高無上的食物，說是日本民族的精神食糧都不為過。自古以來便有道：一曰，筍乾以和為貴。二曰，篤敬燙呼呼三寶。三寶者，麵、料、湯也（註59）。」

「那是什麼拉麵十七條憲法……」

明明是一位美女，這般言行真是教人遺憾……我心痛得不敢多說什麼，我妹妹倒是大方地正面應對。

「啊，老師，您來得有點慢喔。」

「抱歉，校慶的善後工作多花了一些時間。」

「原來是妳找來的……」

「小町～～」

接著，又有另一個聲音呼喚小町。我往聲音的來源看去，發現兩個人影，一個人快步跑過來，另一個人則從容走過來。

註59　改寫自推古天皇十二年制定的憲法。

「嗨囉～結衣姐姐、雪乃姐姐！」
「嗨囉！」
「晚安。」
由比濱顯得很有精神，雪之下維持一貫的沉著。
「妳們不是去後夜祭嗎？怎麼會在這裡？」
由比濱一派輕鬆地回答：
「嗯，已經去過了。我們跟大家乾完杯，稍微玩一下便先溜出來。」
「那樣沒問題嗎……」
「不用擔心、不用擔心，反正那邊那麼多人，大家只會記得開始跟結束時旁邊有誰。」
「妳有時候會說出很恐怖的話……」
是啊，我也開始覺得這個人有點恐怖。
「先不說那些，為什麼大家都在這裡……」
我正想找個人問明白時，又聽到另一陣往這裡來的跑步聲。
「八幡！」
「戶塚……怎麼連你也來了……」
該不會……這就是命運？
我前一秒如此深信，下一秒立刻被由比濱揭曉事實。

「我在後夜祭碰到小彩，所以約他一起來。」
「約他一起來？到底是要做什麼……不過，原來戶塚也去後夜祭啦。」
「嗯，我本來只打算去露個臉，真高興由比濱邀請我！」
「什麼……如果知道你會參加後夜祭，我一定會參加……」
可惡！好想在音樂飄揚、燈光輕輕灑落的舞廳裡，跟戶塚貼著臉頰慢舞……
戶塚似乎同樣感到可惜，失望地略微垂下頭。
「啊，原來八幡準備去後夜祭，早知道我就多留久一點……」
「不，沒關係。此時此刻，我參加後夜祭的理由已不存在！倒是大家為什麼——」
話說到一半，又有一個人闖進來。
「喝！劍豪將軍義輝，如期赴會！」
「讓我把問題問完好不好……還有，為什麼連你也來了？喂，是誰約這個傢伙？」
不管怎麼想，他都不可能出現才是，畢竟沒有人會跟他交換聯絡方式……不過，如果他不懂得忽略這種疑問，便不叫材木座。
「你以為本大爺是誰！縱使你去到天涯海角，我都會緊緊跟著！」
「被你那樣說，真的覺得很噁心……難不成你喜歡我？還有小町，為什麼大家都在這裡？」

我無視材木座的視線，對小町問道。小町展現出最熱情的一面回答：

「哥哥，現在才是真正的後夜祭！一起把疲勞『呼～』地吹光光吧！」

「但我疲勞的時候，更想待在家裡休息……」

身體已經夠累了，再參加什麼後夜祭，豈不是把自己弄得更累？

然而，由比濱不認同我的做法，在一旁敲邊鼓。

「好嘛好嘛，這是我們自己的慶功宴。」

「咦～～」

我藉此暗示自己沒有意願，但先前一直跟我站在同一陣線的雪之下冷冷地開口：

「勸你還是放棄。我原本也只打算跟她過去一下，現在已經死心了……」

「唉……」

我深深嘆一口氣。既然事情已成定局，再怎麼掙扎也沒用，現在只剩下順從一途。

我們進入夜晚的人潮中，尋找接下來要去哪裡，每個人都提不出什麼意見。

「嗯……要去哪裡呢？」

由比濱也很傷腦筋。

「妳沒有先想好喔……」

那種個性未免太冒失，妳是小孩子嗎？

把事情丟給小孩子，不太可能得到結論，於是由戶塚提出意見。

「找個有店面的地方如何？」

「好啊。那麼，大家想吃什麼？」

小町接著開始徵求意見，材木座第一個回答：

「唔嗯，八幡，要吃什麼肉？」

「直接決定是肉喔……」

「牛肉、豬肉、雞肉、里肌肉、燒肉、馬肉、山豬肉、鹿肉、羊肉、小羊肉通通都行！」

「你未免太愛吃肉……而且，不要以為把里肌肉混在雞肉後面，便能唬弄我。」

材木座說出一大堆肉，當中不著痕跡地混入燒肉，感覺可以玩「以上哪一個跟其他人不一樣？正確答案是──我自己」的小遊戲。

儘管我們沒必要尊重材木座的意見，女生們的反應卻意外熱烈。

「啊，小町也贊成吃肉！」

「我也想吃肉，加我一票！」

「耶～～吃肉！」

小町跟由比濱一聽到肉，馬上興奮成那樣，真是吵死人了。相較之下，雪之下表現得極為平靜。

「我的話，比較想來一些海鮮……像是龍蝦。」

「咦，妳喜歡吃龍蝦？」

重點其實在最後面對吧？我感受得到妳對龍蝦的愛。

「我希望以蔬菜類為主。」

戶塚接著表達意見，平塚老師也同意。

「我想多吃一些蔬菜……防止老化。」

「那個理由未免太沉重……話說回來，大家的意見完全不同呢。」

誰也沒有互相配合的意思，這樣一來，恐怕很難達成共識。我站在旁觀的角度思考到一半，雪之下轉頭問我：

「那你自己呢？有沒有想吃什麼？」

「對喔，都忘了我自己。每次參加團體活動，都沒有人來問我的意見，所以很容易忘掉。」

「那樣真可悲……不過今天晚上，你可以提出自己的要求。」

她難得讓我有表達意見的自由。雖然我平常總是想到什麼便說什麼，但到了真正重要的時候，幾乎不曾有人詢問我的意見。既然雪之下這麼說，今晚就讓我任性一次吧。

「是嗎？那麼，我想補充碳水化合物。」

平塚老師點點頭。

「嗯，肉類、海鮮、蔬菜、碳水化合物是嗎……由我來想想辦法。」

不愧是大人，能夠冷靜處理我們的要求。

雪之下的思路同樣冷靜。

「可是，這附近可能有很多班級也在舉辦慶功宴，最好找一個不會遇到其他人的地方。」

「是啊，大家互相看來看去，但怎麼樣就是不肯靠近……我可不想在那種尷尬的氣氛下吃東西。」

「那種說法真討厭……但是，這附近有什麼隱藏版的好餐廳嗎？」

由比濱對我的說法不敢恭維，但她隨後也盤起雙手，思索有什麼符合條件的店家。平塚老師聽到「隱藏版」這個關鍵字，突然想到什麼。

「這麼說來，我知道一個人很清楚這種事……你們稍等一下，我去打電話。」

平塚老師走去一旁拿出手機。

「喂，是我。抱歉突然打電話給妳……」

戶塚看著老師，把頭偏向一邊。

「清楚這種事的人，會是誰呢？」

「天曉得。不過，既然很清楚這種事，代表喜歡到處玩樂。我看，八成不是什麼有出息的傢伙。」

由比濱聽了，表情瞬間黯淡下來。

「好嚴重的偏見……」

「的確是偏見。也有人就算不會到處玩樂，一樣很沒有出息。我可沒有指名道姓喔。」

雪之下說完，不忘對我一笑。等一下，妳那樣跟指名道姓有什麼兩樣？

「喂，不要帶著那種笑容看我好嗎？」

這時，老師打完電話，回來跟我們會合。

「久等了。車站再過去的地方，有一間不錯的餐廳，肉類、海鮮還有蔬菜通通吃得到。我已經請對方幫忙留位子，就去那裡吧。」

於是，大家跟著平塚老師，來到一間門口掛著布簾的店。

「我先去確認座位。」

老師拉開拉門，走進店內。

在等待期間，我們好奇地打量這家店。

材木座看著門簾，若有所思地低喃：

「唔嗯，『吉江什錦燒・文字燒』啊……」

「從門簾上的字看來，應該是一個叫吉江的人在經營。」

反正現在沒什麼事好做，我索性當他的聊天對象。接著，同樣無事可做的由比濱也加入對話。

「如果不是叫吉江的人經營，反而很奇怪。」

沒什麼營養的對話進行到一半，店內傳來老師的聲音。

「不好意思，還特地麻煩妳。」
「哪裡，不會不會。」
老師似乎在跟幫忙保留座位的人說什麼。
戶塚也注意到了，稍微窺探店內。
「啊，好像已經有人在裡面。」
「總之，我們進去吧。」
「嗯！」
雪之下和小町先入內，其他人跟著穿過門簾。我走在最後面，反手將門拉上，前面的人卻沒有繼續走，使我整個身體往前傾，差點撞上去。
最前面的雪之下佇在原地。
我往前看過去，想說到底發生什麼事，結果，看到一個意想不到的人。
雪之下的姐姐——雪之下陽乃坐在店內深處，面帶微笑朝這裡揮手。
「嗨～雪乃～」
陽乃開朗地打招呼，雪之下的表情完全凍結。
「……為什麼妳會在這裡？」
「是小靜找我來的，嘿嘿。」
「……」
姐姐展露別無居心的笑容，但絲毫無法改變妹妹冰冷的眼神。

「不要露出討厭的表情嘛，人家會很傷心的～今天難得大家聚餐，我們就好好相處，如何？」

「今天……是吧？」

雪之下筆直地瞪視陽乃。

「對，今天。」

陽乃繼續掛著微笑，不迴避雪之下的視線。我似乎可以聽見劈里啪啦的火花聲。

「唉，好吧……」

雪之下嘆一口氣之後，現場總算恢復可以正常對話的氣氛。我說妳們兩位，要吵架請回家關起門吵行不行？

雪之下妥協後，大家繼續往內走。

陽乃輕輕向走在後面的我們揮手，由比濱也注意到她。

「啊，是陽乃姐姐。」

「嗨囉～比濱小姐！」

由於專用的打招呼方式被搶走，加上不擅長應付對方，由比濱有些不知所措。

「您、您也嗨囉。」

「那算是敬語嗎……」

接著，陽乃舉手對我打招呼。

「比企谷，嗨囉～」

「妳好。」

我簡單回應後被小町推開，換她自己跑出來。今天的她真有幹勁……

「您好，今天終於有機會正式跟您說話。承蒙您平時對哥哥的照顧，我是他的妹妹小町，這邊兩位是戶塚哥哥和中二哥哥。」

「哎呀呀，不必那麼說，我們家的雪乃才是承蒙照顧，我是她的姐姐陽乃。」

陽乃的禮數相當周到，小町則簡單為她介紹戶塚跟材木座，但我非常懷疑，那樣算不算介紹到材木座。

「妳、妳好……」

「你好你好～要跟雪乃好好相處喔！」

戶塚略顯緊張，陽乃溫柔地回應他的問候。

再來是重頭戲，等待已久的材木座即將上場。

「喔喔喔！初次見面，吾乃劍豪將軍，材木座義輝。平伏吧！」

啊啊，這個傢伙又發作了……不過，陽乃見狀，驚喜地笑起來。

「啊哈！你的個性真特別，很有趣喔♪跟你聊天應該很快樂～」

真的假的……我簡直不敢相信自己聽到什麼，材木座本人甚至高興得快要升天。

「嗯、嗯哼嗯哼嗯哼！請、請請請請不吝賜教！」

不知為何，他還對陽乃敬禮。我在一旁看了，對雪之下說：

「妳姐姐的表面功夫真的很完美，一般人可沒有辦法像那樣跟材木座說話。」

「是啊，連我都很佩服姐姐。」

這句話究竟是否為諷刺，我沒有辦法下定論。

材木座三步併作兩步衝過來，激動地對我拋出一串連珠砲：

「八、八八八八幡！大大大、大事不妙了！天使終於降臨我的眼前，這是教我如何抗拒！快點告訴我，旗子立起來了對不對！」

「先冷靜下來。材木座，你聽好，把剛才的話翻譯成白話文，即為『噁心，怪人一個。我最多只是跟你聊天，其他還有什麼奢求的話，告訴你──不☆可☆能』。」

他聽完我的分析，腦袋終於冷卻下來，開始接受事實。

「什麼？八幡，難道你擁有所羅門王的指環，否則怎麼有辦法翻譯得那麼精準？還是說，那正是你的所羅門流（註60）？」

「這才不是什麼特殊能力。那是屢屢讓國中時代的我們會錯意的陷阱，多少學一下吧。」

我如此開導材木座。接著，小町走過來對我說：

「不過，陽乃姐姐果然跟雪之下姐姐是一家人，也是超級大美女呢。啊，未來的新娘人選又多一個！哥哥，做得不錯喔～」

「妳在說什麼啊？」

註60　日本東京電視台的節目，專門介紹經歷種種苦難磨練後，終於在各種領域熬出頭的專家名人。

她對我露出大大的笑容。

「未來可能成為小町姐姐的人選又增加囉！其他還有，嗯……我那位同學的姐姐，叫做川……川……川什麼的。」

「好歹把人家的名字記起來吧……」

把那位叫川……川端的名字記起來，是基本中的基本。

小町很快把那位川什麼的人拋到腦後，跑回陽乃身邊。

「總之，未來可能的姐姐又多一個，對小町來說是好事。小町已經想要把陽乃姐姐當成自己的大姐姐了！」

「比企谷，你的妹妹真有意思！再多一個妹妹也不錯呢～小町，妳好可愛喔～～讓我帶回家吧～♪」

陽乃先是摸她的頭，接著把她用力摟進懷裡，讓小町樂得快要飛上天。

「喔喔……好柔、好軟、好舒服，小町好幸福……」

「好，到此為止。可以不要再對我的妹妹下手嗎？」

身為哥哥，這時當然得用強硬的態度把妹妹搶回來。我正要把小町拉開時，陽乃突然露出調皮的笑容盯著我的眼睛。

「喔？那麼……我可不可以對你下手？」

被她這麼一問，我的心跳瞬間加速。不過，現在的我不會為此動搖，我盡可能裝出平靜的樣子。

「視下手的方式而定。如果是拳打腳踢，請容許我拒絕。可以對我動手動腳的，只有平塚老師。」

「你好像很樂在其中嘛……」

雪之下已經快要受不了，陽乃發出「喔……」的嘆息。

「哎呀～彆扭到這種程度，真不簡單。我開始佩服你囉～」

前幾秒才提到平塚老師，這時便見她本人從店內深處走來。

「喔，大家都打過招呼了嗎？今天我特別請店家提供裡面的空間，你們可以盡情享受。大家趕快坐下乾杯吧。」

原來老師是去跟店家商量，請他們幫忙準備團體座位。真是可靠的老師，但也希望她不要動不動就揍我。

所有人就座後，平塚老師先舉起玻璃杯，我們陸續跟進。老師環視所有人一圈，帶領大家呼口號。

「那麼，讓我們為今年校慶的成功——」

「乾杯～」

呼完口號，大家一起喝光飲料。

今天的主菜是文字燒。算了，管他什麼主不主菜，今天的重頭戲就是文字燒。

沒錯，文字燒。

文字燒的價格親民，可以吃上好長一段時間，又有各式各樣的佐料，供顧客體驗親手料理的樂趣，非常受高中生歡迎……吧？畢竟我不瞭解一般高中生喜歡什麼，所以不太清楚。

再來談談文字燒的做法。首先，在鐵板上炒熟配料，做為基底——在這個業界，有些店家稱基底為ＤＴ（註61）——接著，將整碗麵糊淋上基底的正中央，等聽到咕滋咕滋的聲音便開始攪拌，最後再稍事等待便大功告成。就是這麼簡單，沒有任何困難。儘管從外觀看起來，很難想像有多好吃，但只要實際嘗過一口，它的美味絕對會顛覆你的想像。

吃一次文字燒，可以讓我們順便學到許多哲理。

舉例來說，不能以貌取人，不能只憑標題判斷輕小說的優劣，還有……好像沒有了，嗯。

我東想西想到一半，一陣香味竄進鼻腔。回神看向鐵板，文字燒已經煎得差不多。陽乃也注意到了，對大家說：

「差不多囉！」

「嗯，的確，大家趕快吃吧。」

在平塚老師的催促下，我們拿起小鏟子開動。

由比濱首先發出讚嘆。

「這是什麼？好好吃！完全看不出來！外表長成那樣子，想不到超好吃的！」

註61　基底的原文為「土手」，ＤＴ取自其羅馬拼音「DoTe」。

「喂，不要說什麼長成那樣子，一直盯著看會讓食慾下降喔。」

耳朵敏銳的陽乃聽到我不耐煩地這麼說，往這裡靠過來。

「哎呀，比企谷，你好像沒什麼動鏟子呢～真沒辦法，姐姐餵你吧～張開嘴巴，啊～」

她把小鏟子湊到我嘴邊，身體緊貼上來，我只好在狹隘的空間扭動身體，躲開她的鏟子。

「不用了，我照自己的步調吃即可。」

「來嘛來嘛，有什麼關係～你那麼努力，當然應該獲得一些獎勵。好啦，張開嘴巴，啊～」

這個人不理會我的拒絕，一直想把鏟子塞進我嘴裡……啊～～又香又柔軟是要我怎麼辦！啊，喂！不要摸上大腿……啊嘶～

在我即將撐不住時，一陣冰冷的聲音灌下來。

「姐姐，太寵那個男的不是什麼好事，請妳停手。」

在雪之下之後，另外一個人急急忙忙地幫腔。

「沒、沒錯，那、那樣有、有點……」

經那兩人阻止，陽乃放下鏟子，眨了幾下眼睛，接著露出不懷好意的微笑。

「喔，比濱小姐要參戰嗎？呵呵……事情開始有趣了呢～」

小町也賊兮兮地笑起來。

「喔？對小町而言，這樣的發展的確很有趣。」

「我一點都不覺得有趣。為什麼餐桌上出現殺氣……」

陽乃跟小町組合起來，戰鬥力高達兩千萬，實在很危險。話說回來，黑色跟黑色混在一起，果然只會變成黑色，琴酒哥哥說的真對（註62）……

「不過，慶功宴只是一起吃文字燒，沒有問題嗎？」

吃著文字燒時，我忽然想到這個問題，姑且提出來。由比濱聽了，露出不安的表情。

「咦？這、這個……」

喂，妳也不知道喔？

雪之下輕撫下顎問道：

「那我們應該做什麼？有什麼具體的例子嗎？」

這種時候便要參考其他具體事例，從中求出近似值，進而掌握全體概況。於是，我把目標鎖定在跟慶功宴最相似的後夜祭。

「妳先前去的後夜祭，大家都在做什麼？」

由比濱盯著空中，開始回想。

「嗯～～大家聚集在 Live House，玩得很興奮很開心。」

「妳的說明一點幫助都沒有。」

註62　出自《名偵探柯南》的角色台詞。

我聽不出任何具體內容，所以還是沒有概念。既然這樣，只好繼續問其他到場的人。這次，我把視線轉向雪之下。

「在校慶上表演過的人，又到那邊表演一次。」她這麼回答。

「還有人當起DJ，大家一起跳舞。」戶塚接著補充。

什麼啊？還要跳舞。

「嗯，好險我沒有參加。」

在一旁聆聽的陽乃從容點頭，表現得像個大姐姐。

「嗯，非常健全，很好。長大後的慶功宴，只剩下大家聚在一起喝酒。」

「是嗎？」

我無法具體想像那個情景，於是向同樣是大人的平塚老師徵求意見。

「沒錯，大家到處寒暄倒酒，看到誰的杯子空了，便跟服務生加點。」

「哇，感覺好辛苦……」

連一向很努力注意別人的由比濱都受不了，對我來說更是不可能。為了避免造成同事的困擾，我還是不要工作比較好。不工作一定也有不工作的溫柔。

平塚老師對由比濱微笑。

「其實，不全是麻煩的事。大家還會一起玩賓果，其他還有摸彩之類的活動。」

「賓果！」

不知為何，材木座對那個字眼有所反應，但我想應該沒什麼特別意義。

「光聽賓果跟摸彩的話，感覺滿快樂的。」
「如果有禮物拿，參加一下也不錯！」
陽乃跟小町也對賓果有興趣，看來她們的物慾很旺盛。
儘管那兩人興奮起來，平塚老師卻輕輕嘆一口氣。
「可是，對主辦活動的人來說，根本是地獄……」
「咦？」
我從老師幽幽的語氣嗅出不對勁，但她沒有接著說明，而是舉起手招呼店員。
「啊，給我一杯高球（註63）。」
她灌下一大口酒，這才娓娓道來：
「首先，最資淺的人負責站櫃檯，充當臨時寄物處，接待沒完沒了的賓客。要是不夠熟練，櫃檯前會大塞車，讓你壓力大得要命。好不容易應付完所有賓客後，你以為可以喘一口氣嗎？大錯特錯，宴會期間還得幫忙顧行李，因為有些客人會中途離開。好不容易解脫的時候，宴會正好達到最高輪王子酒店（註64）——我在說什麼，是最高潮。啊，麻煩再來一杯高球。」
「老、老師喝得好豪邁……」
戶塚被老師的氣勢嚇到，真可愛。

註63　雞尾酒名，原文為Highball。
註64　原文為「宴も高輪プリンスホテル」，這是經常出現在日本宴會場合的冷笑話。

平塚老師絲毫不顧戶塚懼怕的視線，兩三口喝光第二杯雞尾酒，放下杯子。

「還沒結束——」

「還有喔……」

剛才聽的那一段已經夠折磨人了。

然而，酒精開始在老師的體內起作用，現在沒有什麼事情可以阻止她。

「當然。宴會結束時，要逐一歸還賓客的行李，這個階段會發生找不到行李，或有人一開始便沒有寄放行李之類的問題。好不容易處理完行李後，你以為終於結束了嗎？大錯特錯，接著是去續攤的地方占位，散會後還要幫大人物們叫計程車。這次總該結束了吧？錯，這時將冒出一堆不知是誰遺落的東西，只好把它們帶在身邊，痴痴等待永遠不會出現的失主……啊，不好意思，再來一杯高球。」

平塚老師消耗酒精的速度之快，連陽乃都忍不住勸告。

「小靜，妳喝太多囉。」

「全都只是發牢騷……」

雪之下聽完老師的一大串抱怨，累得頭昏腦脹。可是，她的反應那麼冷淡，老師也頗為很可憐。

「別那麼說，老師平常沒機會發牢騷，現在讓她發洩一下又何妨。」

「喔，感覺你好像滿懂的。」

別小看我，校慶期間，我在執行委員會裡也是一個社畜，所以懂老師的心情。

這種時候當然會想發牢騷，只是十之八九的情況，對方總會用慣用句「辛苦的不只有你一個」，堵住發牢騷者的嘴。可是，憑什麼大家過得辛苦，就得連我都過得辛苦？這是什麼因果關係，你說說看啊？

平塚老師抽起菸，有氣無力地繼續抱怨。

「唉～～你們明天放假，我卻還有工作要做……」

「這個人是不是太自暴自棄……」

正當我也開始受不了時，平塚老師轉過來，跟我對上視線。結果，她突然恢復精神。

「好，開始吧！」

「開始什麼？」

「『最討厭被上司跟前輩說的話前三名』單元！」

老師徹底進入自high狀態，這次我實在不可能跟進。

「不要，我一點也不想聽。」

我才不要聽這麼悲哀的排行榜……聽了只會更不想工作……

在場其他人都興趣缺缺，唯獨平塚老師在興頭上。

「首先，是第三名。」

「看來老師已打定主意……」

雪之下露出戰慄的表情，平塚老師則已就定位。

「第三名！『你都沒有做筆記，是不是代表全都知道了？』」

老師的口吻很逼真，高度重現上司說這句話的模樣，由比濱因此受到重重一擊。

「啊……之前打工時，的確被這樣念過……」

「這麼說來，我打工時也被這樣念過，而且他們看我完全沒出錯，臉色反而變得更臭……」

老師繼續宣布第二名，為逐漸陰沉的氣氛注入活水。

「第二名，『明天有事要跟你說，請借我一些時間。』」

在場的人聽了，心情更是像坐上大怒神直直落下。

「表面上客客氣氣，反而覺得很恐怖……」

「還會一直放在心上，整天無法好好工作……」

「不只如此，確切的時間跟談話內容也不先說清楚……」

戶塚、由比濱乃至於雪之下都垂下視線，盯著鐵板一角。平塚老師為了眼前這群年輕人的將來，還特別舉行臨時講座仔細說明。

「聽到這種話，真的相當煎熬，因此千萬要注意。到了夜晚，你會開始掙扎『明天是不是乾脆跟公司請假』……唉，明天到底該怎麼辦……」

「原來老師今天就聽過這句話……」

小町同情地看著邁入三十歲大關的老師。由比濱見狀，終於按捺不住。

「停！不可以說出真話！太難過了！」

「哈哈哈，這沒有什麼大不了的。再來，是大家期盼已久的第一名。」

平塚老師強打起精神，用笑聲敷衍過去，但我實在辦不到。

「還有更慘的喔……可以不要了嗎……真的好痛苦……」

「大家其實一點也不期盼……」

雪之下說的沒錯，現場沒有人想要再聽下去。要是聽完第一名的句子，大家搞不好從此不敢踏入職場。

然而，任何人都阻止不了平塚老師。

「第一名，『我不是說過，有不懂的要來問我嗎？』『嘖，那麼簡單的問題，你不能自己想一想啊？』『喂，你怎麼不先問我，便直接自作主張？』的無限循環。」

剎那間，這三句話連成一條銜尾蛇，在我的腦海裡不斷打轉。

「不管怎麼做都不對……是不是這個世界出了什麼bug？」

「無法逃脫的終極三段活用！這就是『天地魔鬪勢（註65）』嗎……」

材木座吞一口口水，抹去額頭上的汗珠。新進員工中了這招毫無破綻的三段式攻擊，大概會有一半被刷掉。

我們受到攻擊後，只有陽乃若無其事地微笑。

「沒辦法，誰教這個世界本來便不講道理。」

註65「勇者鬥惡龍──達伊的大冒險──」中，大魔王巴恩使用的奧義，可在一瞬間同時攻擊、防禦、使用魔法。

「真不想工作……」

大家看到社會的黑暗面，頭上都籠罩著一片烏雲。為了活絡現場氣氛，陽乃想到一個點子。

「怎麼大家都死氣沉沉的？這種時候就要來玩遊戲！」

「沒錯！」

小町迅速投下贊成票。可是，我對這兩人的組合，只有不好的預感……

「別開玩笑……」

儘管我低聲抱怨，但其他人並未察覺到蟄伏的危機。

戶塚把頭偏向一邊，好奇地問道：

「要玩什麼遊戲？」

「喔，好問題！」

陽乃朝他用力一指，平塚老師這時也冷靜下來，加入對話。

「這種時候，當然是國王遊戲。」

「老師，您怎麼像個大叔……」

「嗚咕！」

由比濱的感想相當率直，令老師再度沉默。

我在視線一隅，瞥見材木座的身軀不斷抖動。

「跟、跟女生玩國王遊戲……夢想．情境……這、這這這個節目，該不會是由創造歡樂時分的萬代贊助播出的吧？」

「你冷靜點，贊助商不是萬代。」

本節目仍在募集贊助商，現在報名還來得及！

在場的另一個人同樣對「國王遊戲」感到好奇。那個人端正坐姿，用認真的眼神看過來。

「國王遊戲……如果要爭奪王位，我當然沒有輸的道理。請告訴我遊戲規則。」

「不是那樣的遊戲啦！」由比濱緊張地叫道。

終於擺脫消沉的平塚老師盤起雙手說：

「那麼，我說明一下規則。在這個遊戲，參加者首先抽籤決定誰是國王，抽到國王籤的人，可以對其他人下達任何命令。抽籤時喊的口號是『國王是～誰♪』記清楚了沒？是『國王是～誰♪』喔！」

「這個人未免太興奮……」

而且說到「國王是～誰♪」的部分特別興奮，突然覺得老師好可愛。

小町聽完規則，雙眼發出光芒。

「可以下達任何命令！真是太美妙了！」

妹妹的惡魔性格真是……啊！

「……這麼說來……代表可以對戶塚……」

「機會來了！」

我靈光乍現，材木座也在這時展現絕佳的默契。我根本不必多費脣舌，因為戶塚的可愛是全世界共通的認知。

如同世界級偶像的戶塚，則對遊戲內容感到畏懼，這使他可愛的程度又提升百分之四十。

「可以下達任何命令，聽起來有點可怕。」

「的確……尤其是那邊那群人，想必不會打什麼好主意。」

雪之下狠狠地瞪過來一眼。

「等一下，不要用冰冷的視線看過來好嗎？」

現場出現否定意見，於是陽乃提出另一個方案。

「不然，不要玩國王遊戲，換山手線遊戲（註66）如何？」

「啊，那個我可以。」

由比濱首先贊成，但是我住在千葉，對山手線非常陌生。

「我很少搭山手線，所以不是很瞭解。」

「沒關係，總武線也可以，反正名字是什麼不重要。大家都會玩吧？」

原來遊戲的名字不重要啊……

陽乃環視所有人問道，雪之下變得好戰起來。

「沒問題。」

註66　參加者決定一項主題，依序回答跟主題相關的答案，不可重複。

平塚老師確定大家都知道規則後，探出身體說：

「那麼開始吧，口號是：『總武線遊戲～Yeah♪』」

「老師這麼興奮，感覺真的有點可愛……」

老師超級興奮，又帶一些俏皮，好像有點進入我的好球帶，真恐怖。

於是，大家開始喊口號。

「總武線遊戲♪」

「Yeah！」

很好，看來滿順利的。

「總武線的站出來！」

「是這樣喊的嗎？」

由比濱嚇一跳，轉過來看向我。

「啊，我都搭總武線。」

「嗯哼，我也是總武線的愛用者。」

「你們還回答？」

咦？總武線遊戲不是這樣嗎？難道不是，由比濱小姐？

「嗯，所以跟先前的國王遊戲不一樣啊……」

雪之下盤起雙手低喃。所以總武線遊戲跟國王遊戲不一樣，不是這樣玩的……

包括我在內，有好幾個人完全不懂規則，陽乃苦笑著說道：

「看來還是得先把規則說明清楚。那麼，有請我們的小助手～」

助手？是誰？我才感到納悶，小町便迅速舉手。

「好～今天由小町擔任助手，現在便來介紹總武線遊戲的規則。簡單說來，就是：『你出題，我回答，要照節拍來！』」

「妳的說明未免太簡單，簡直像『鎖鎖美小姐』的動畫片頭演唱者（註67）……」

是的，小町的說明就是這麼簡單。但她不理會我，繼續說下去。

「其他還有『古今東西』等等的類似遊戲，啊，這其實正是山手線遊戲的別名。

所以，我們趕快開始吧！」

「首先要決定主題。」

陽乃說道，戶塚開始動腦筋。

「嗯～突然要決定主題也想不到什麼……」

平塚老師這時開口。

「參加派對和聯誼時，這些遊戲中的內容，通常會成為之後的聊天話題，你們最好趁現在記住這點。」

小町佩服地點點頭。

「喔～原來是這樣，真是上了一課。」

註67 此處「簡單」的原文為「ざっくり」，發音與「鎖鎖美小姐@不好好努力」動畫片頭曲的演唱者ZAQ相似。

「可是，我完全不覺得老師有活用這一點，感覺滿悲哀的……」

既然老師瞭解這麼多，為什麼遲遲無法結婚……我的眼淚都快掉下來。

雪之下把我晾在一邊，疑惑地詢問：

「不過，什麼樣的主題對之後的聊天有幫助呢？」

「如果是興趣或喜歡的料理這類主題，接下來便可以像這樣：『啊，你的興趣是釣魚對吧？我也好想試試看～』」

聽到平塚老師的標準示範，由比濱的雙眼亮起來。

「真的耶！好厲害！感覺超自然的！」

「打了那麼多算盤卻得不到結果，感覺還是很悲哀……」

既然老師瞭解這麼多，為什麼遲遲無法結婚……

「好，第一輪就以『興趣』為主題。」

「大家一起試試看！」

陽乃從老師的標準示範得到靈感，小町下達開始的信號。

於是，平塚老師帶領大家喊口號。

「總武線遊戲♪」

「Yeah！」

接著，老師故意裝可愛說：

「古今東西，現在熱衷的興趣是什麼～」

首先由小町回答。

「唱ＫＴＶ！」

在大家打拍子的聲音中，輪到由比濱。

「被說走了！那麼，料理！」

咦？是嗎？我還沒反應過來，便換雪之下回答。

「騎馬。」

她又喜歡唱歌又喜歡騎馬，興趣真是多采多姿。下一個是戶塚。

「網球！」

我下半身的球拍跟球也……喔，現在不是想這個的時候，遊戲還在進行。接下來是材木座。

「唔嗯，寫稿。」

這樣啊，原來寫稿算是興趣……好吧，既然是材木座就算了。再來是平塚老師。

「開車兜風。」

喔～這個興趣頗帥氣，的確很適合老師。接下來輪到陽乃，她配合著節拍說出自己的興趣。

「旅～行。」

嗯，大學生似乎有很多空閒。接著，大家一邊拍手，一邊把視線集中到我身上。

「興趣啊，嗯……觀察人類？」

「……」

這陣沉默是什麼意思？總覺得不太舒服。

「比企谷出局！」

平塚老師如此宣告。

「等、等一下！觀察人類是很正當的興趣啊！」

我試著抗議，但周圍的反應對我不怎麼有利。

「那不就是什麼都不做嘛……」

由比濱率先發難，雪之下跟著開口：

「以你的情況而言，那不是興趣，而是習性才對。換句話說，你是以觀察人類為習性的生物。」

「不要把我說得好像野生動物。而且，我這樣算出局的話，由比濱應該也算出局吧？妳那種料理根本不能算是興趣。」

由比濱被我這麼一說，頓時燃起熊熊怒火。

「真失禮！人家喜歡看別人做料理不行嗎？」

「料理鑑賞……真是嶄新的興趣。」

「不過，把觀察人類當成興趣，實在有點……至少在我認識的人當中，沒有人有這種興趣。」

陽乃將達到新境界的由比濱擱在一旁，夾雜苦笑說道。

「那是當然的。把觀察人類當成興趣的人，十之八九沒有朋友。真要說的話，這是僅有被選上者才配得上的高尚興趣。」

雪之下見我講得這麼驕傲，受不了地按住太陽穴。

「那根本不是正常的興趣。」

咦……觀、觀察人類真的不行嗎……

我有點受到打擊，小町也對我曉以大義。

「哥哥，為了早日從獨行俠畢業，最好找一個正當的興趣喔。」

「不用，我不想畢業，也不打算畢業，倒是你們認定獨來獨往的生活方式不對才有問題。」

「又開始了……」

「那句話本身絕對不算錯，錯的是說話的人……」

由比濱跟雪之下近乎放棄，懶得再念我。別放棄啦！

這時，陽乃拍一下手。

「啊，可是，就姐姐的觀點看來，最好還是培養一些興趣。」

聞言，平塚老師面露佩服。

「喔……原來妳對外也說得出正經話，真不簡單。」

「小靜，妳好過分！」

「那是事實。」

雪之下跟著見縫插針，陽乃不滿地鼓起臉頰。

「連雪乃都這樣！人家是真的在為比企谷擔心耶～」

「擔心？姐姐，開玩笑麻煩適可而止。」

「我是說真的。他往後的人生不是也會孤孤單單嗎？所以，應該趕快培養可以長期熱衷的興趣。」

「這個人太惡毒了吧？毒舌的程度根本是雪之下的三倍，誰來治一下她們好不好？」

為什麼這對姐妹專門挖我的傷口？

正當我渴求救贖時，天使翩然降臨耳畔——是戶塚，我聽見戶塚的聲音。

「跟有相同興趣的人一起玩，是很快樂的事喔。」

「好，眾卿們，速速為本人思考興趣。動作快！趕不上的話不關我的事喔（註68）！」

「為什麼突然變得高高在上……」

由比濱不太高興，但這種時候當然會高高在上，因為只要得到跟戶塚共通的興趣，等於得到全世界的半片江山。

所有人紛紛盤起雙手、動起腦筋，為我思考興趣。大家真是好人……

第一個想到的是雪之下。

註68　出自《七龍珠》達爾的台詞。

「若要走安全路線，閱讀如何？」

「咦～感覺好陰沉。」

雪之下剛說完，馬上被由比濱迅速否定。

「陰沉嗎……可是，我覺得很快樂。」

雪之下有點受傷，頭上再度籠罩烏雲。由比濱見情況不對，連忙安撫她。

「哇！對、對不起！如果是小雪乃就沒有問題，非常適合！」

「喔喔……雪乃竟然會消沉，比濱小姐好厲害！」

陽乃對此大表佩服。

「照妳那樣說，如果我的興趣是閱讀就顯得很陰沉是吧……」

仔細想想，我好像間接受到傷害。

「不過，從事能活動身體的興趣，的確比較容易給人健康的形象。」

聽小町這麼說，材木座把身體往後仰。

「唔嗯，那麼，生存遊戲如何？」

「生存遊戲？那是什麼？」

雪之下對這個詞彙很陌生。

「簡單說來，就是用空氣槍模擬戰爭的遊戲。」

她聽完平塚老師的解釋，浮現了然於心的表情，笑著對我說：

「原來如此……不是很適合你嗎？當個躲在死角的狙擊手，一定會成為大家的惡夢。」

「不是告訴過妳，不要帶著一臉笑容嘲弄我的存在感嗎？」

「雪乃，不可以說那種話。」

喔喔，不愧是姐姐，懂得點出妹妹哪裡不得體。

「比企谷連參加人數都湊不齊，根本玩不成生存遊戲。讓他產生不切實際的期望，太殘酷了。」

「這對姐妹一個比一個黑暗，妳們是BLACK BLACK口香糖（註69）嗎？睡魔都要被趕跑。」

她們到底是怎麼回事……

雪之下姐妹的毒舌攻擊後，平塚老師似乎想到什麼。

「嗯……不然，釣魚怎麼樣？釣魚可以是一個人的活動，我自己也很常釣魚。如、如果你有興趣，我不是不能教你喔。」

「唔嗯～我也常常釣魚。撒那種餌怎麼可能釣到我（註70）——」

「原來是在網路上被釣……好，下一位。」

我三兩下打發掉材木座，繼續徵求其他意見。這次輪到由比濱開口。

「需要道具或器材的興趣，對高中生有點困難，而且要花錢。」

註69　樂天推出的口香糖品牌。

註70　這是日本2ch討論板上出現的釣魚文中，經常使用的固定句。

雖然這比較像是有家累的人會說的話，但確實是如此，雪之下也點頭認同。

「所以，應該從目前的生活延伸思考。」

日常生活啊……可是，我的日常生活有點……

腦中剛閃過這個念頭，戶塚便抬頭看過來問道：

「八幡平常在家都做些什麼呢？」

「咦？這個……沒、沒什麼好說的……」

沒錯，根本沒有什麼好在大家面前說出來。陽乃見我別開視線，立刻像是看透我的心思，對小町問道：

「小町～可以告訴大家嗎？」

「啊，我也想知道！怎、怎麼可能不想聽呢？嗯，沒錯。」

「喔～挺有意思的。」

由比濱跟平塚老師也有興趣。

小町開始沉吟，回想我的平常生活。

「嗯……」

「停，住口，小町！」

然而，到了這種地步，她不可能理會我的阻止。

「哥哥回家後，會先打開千葉電視台看以前的動畫，然後回房間用功，再來是看看書、打打電動。」

「哇……好無聊……」

由比濱這傢伙，發表感想前一點都不知修飾。

「妳管我……明明很快樂好不好？播到『魔神英雄傳』時，簡直棒呆了！」

「唔嗯，我平常的生活也差不多是這樣。」

材木座果然最瞭解我——倒不如說，他是唯一瞭解我的人。全場的人陷入呆愣，不知該說什麼。戶塚為了化解尷尬，對小町問道：

「沒辦法嘛，畢竟平常又要上課，又要進行社團活動。那麼，八幡假日都做些什麼？」

「假日的話……先看『超級英雄特區』（註71），結束後接著看『光之美少女』。哥哥看『光之美少女』還會掉下眼淚……」

「哇，都幾歲了……」

以由比濱為首，所有人都沉默不語。

等等，我要抗議。

難道你們從來不看那些節目，不會跟著光之美少女歡笑、心跳加速？會不會太扯？現在連幼稚園小孩都在看，不看豈不是太落伍？

「再來，哥哥會去圖書館或書店。基本上就是這幾種事。」

「如果比企谷同學覺得滿意是無所謂……」

註71　由東映和朝日共同製作的「超級戰隊」、「假面騎士」系列連播一小時。

雪之下憐憫地說道。

「吵死了，我才不想被妳這種人念。妳自己不是也差不多，既沒有朋友，又喜歡看書。」

雪之下聞言，撥開披在肩上的頭髮，露出瞧不起我的笑容。

「不要把我跟你相提並論。我啊……」

「呵呵呵，雪乃住在原本家裡的時候啊～」

雪之下被陽乃這麼打斷，動作瞬間凝結。

「姐姐，不行，千萬不能說！」

可惜在這種情況下，對方不可能打消念頭。就如同我先前的情況，陽乃愉快地開口說下去：

「有什麼關係？又不是見不得人的事。每次到了假日，雪乃會泡一壺紅茶，坐在客廳閱讀或欣賞電影，有時候還會彈鋼琴。」

「喔喔，不愧是小雪乃。」

「我不覺得這有什麼丟臉，靜態中不失帥氣。」

由比濱跟戶塚都點頭贊同。那些興趣的確跟雪之下的形象完全吻合。

「是啊，跟妳非常相配，感覺就是個出色的大小姐。」

「是、是嗎……這、這些對我來說很普通，所以沒有什麼實感。」

在一片讚美聲中，雪之下不太好意思地扭捏起來。儘管她裝得鎮定，臉頰卻已開始泛紅。

「那樣真的很棒！」

在小町之後，陽乃繼續加碼。

「沒錯吧～不過，她在自己房間的生活更精采喔！」

「請等一下，姐姐，為什麼妳會知道？不可以說，千萬不可以說出來！」

雪之下這次的反抗更激烈，最後甚至是用懇求的語氣。可是，這只會造成更嚴重的反效果。

陽乃開心到最高點，露出最燦爛的笑容說：

「她在自己房間的時候，會抱著貓熊強尼的墊子，在網路上到處尋找貓咪影片，而且看得很認真喔。」

「唉……」

雪之下垂下頭，長嘆一口夾雜難為情和悲哀的氣。

「啊，嗯……該怎麼說呢……」

由比濱好心地幫她緩頰。

這時，雪之下緩緩抬起頭，猛然睜大眼睛。

「沒錯……假、假使真的是那樣，究竟該怎麼形容呢？」

她抬頭挺胸的模樣，感覺有幾分耀眼。

「乾脆豁出去，太厲害了……妳的內心未免太堅強……」

「啊，不過說到貓咪，哥哥也常在家裡跟貓咪玩耍，所以可能跟雪乃姐姐一樣，對貓咪很有興趣。」

「那是什麼興趣，聽起來像是經過王牌飼育員認證。」

雪之下聽到小町說出的某個字眼，敏銳地有所反應。

「貓……」

「自、自閉男！還有狗！狗也很棒！」

「貓……」

「狗！」

這兩人瞬間反目，用視線進行無聲的戰鬥。下一秒，她們不約而同地看過來。

「你會選貓對不對？」

「你會選狗對不對？」

「呃，等一下，妳們突然這樣問，我也……還有雪之下，一碰到跟貓有關的事，妳都執著到可怕的地步。」

這兩人根本沒把我的話聽進去，繼續僵持不下。

「狗！」

「……貓。」

在一旁觀戰的小町跟陽乃藏不住興奮，激動地從座位上站起來。

「修羅場來啦～」

「雪乃，不要輸啊！」

「終於等到這一刻！歡迎收看『我熟人與同班同學的慘烈修羅場』，由比企谷小町為各位實況轉播。又有貓派又有狗派的狗狗大戰……啊，應該說是貓貓大戰？哎呀，隨便啦～貓狗大戰，Ready Go！」

鏗——不知為何，現場還出現擂台開打的鐘聲。

「啊！自閉男喜歡的千葉縣吉祥物也是狗，所以他是狗派！」

「嗯……原來如此。」

那隻全身紅冬冬的吉祥物的確是狗……是狗沒錯吧？

如果真的是狗，我屬於狗派的說法即可成立。

由比濱的論點讓我有些心動，實況報導區同樣很興奮。

「喔！結衣姐姐主動先攻，給予敵人重重一擊！負責解說的平塚老師，請問您對剛才那一擊怎麼看？」

「嗯，這是巧妙運用比企谷熱愛千葉的作戰方式。」

然而，雪之下不是省油的燈。

「不錯嘛，由比濱同學。可是，帶狗散步勢必得離開家門，所以喜歡窩在家裡的比企谷同學是貓派。」

「嗚！我的確不怎麼踏出家門，這一點無法反駁……」

「雪乃姐姐不甘示弱，漂亮地反擊回去！站在這一邊的陽乃姐姐，您覺得如何？」

「先一步步地引誘敵人，再施加攻擊，毫無疑問是雪乃的作風。真不愧是我的妹妹！」

「好，現在雙方互不相讓，比賽越來越激烈，這場比賽究竟鹿死誰手！」

妳們這些負責實況報導跟解說的，都太隨便了吧……還有，為什麼我的妹妹興致那麼高昂？

「小町，妳到底在幫哪一邊……」

「哥哥這個問題真笨，小町當然站在哥哥這一邊啊。」

她還故意裝可愛，對我「耶嘿～」地笑一下。

這個妹妹可愛歸可愛，但又有點讓人火大，我賞她一個白眼。接著，有人拉了拉我的袖子。

「八幡，八幡。」

是戶塚的聲音，我把頭轉過去。

「嗯？什麼事？」

我把頭湊過去，戶塚靠上來說悄悄話。

「兔子。」

「咦？」

戶塚實在太可愛，害我沒有聽清楚。多虧小町的實況報導，我才知道他說什麼。

「喔！第三勢力登場，兔子派宣布參戰！」
「八幡，選兔子！兔子很可愛！」
我超想告訴他「你才可愛」，可惜被一個猛然出現的黑影干擾，沒能達成願望。
「沒、沒有錯，八幡！引領人們踏入新世界，一向是兔子的工作！」
材木座說的一點都沒錯。
「……嗯，的確。戶塚實在太可愛，我好像快要開啟新世界的大門……」
「沒錯吧！Welcome to underground……」
「別鬧了，不要在我的耳邊低喃（註72）！」
材木座超帥的聲音在我的耳中迴盪，老實說滿不舒服的。
我揮手把材木座趕走的同時，戶塚興奮地繼續跟我分享兔子的魅力。
「不過啊，飼養兔子真的很快樂。牠們毛茸茸的，不會吵鬧，吃東西時嘴巴還會一直蠕動喔！」
「八幡，兔子真的很棒，還會代替月亮懲罰你喔！殺必死殺必死～」
「真不可思議，聽材木座一說，我對兔子的好感度立刻下降……」
我開始懷疑，他是不是真的喜歡兔子。
面對突然現身的兩名兔子派擁護者，小町激動地拉高分貝。
「最新戰況！比賽瞬間變成分組對抗，非我即敵的大亂鬥！」

註72 在耳邊低喃「Welcome to underground」出自2ch討論串「你們的黑歷史」。

派系鬥爭的戰火，甚至延燒至實況報導區。

「若是分組對抗的話……我會選貓吧，最近也在打算要不要養一隻。」

「小靜，那是在立旗！單身一輩子的旗子！」

「快點來人把她娶走好不好！」

否則就要由我接收了！拜託快啊！

平塚老師投入貓派後，陽乃開始思考。

「嗯……小靜是貓派啊～如果真的要選一個，我會選狗。狗對主人那麼忠心，又不會不聽話。」

「妳的理由真恐怖……」

為什麼她可以面帶笑容說出那種話……

無謂的爭執依舊持續著。

「狗！」

由比濱叫道。

「貓……」

雪之下不遑多讓。

「兔子。」

戶塚好可愛。

「激烈的三方戰爭！最後究～竟將由誰登上冠軍寶座？」

小町一炒熱氣氛，三個人同時看向我這裡。

「比企谷同學。」

雪之下的口吻有如不容分說的命令。

「自閉男～」

由比濱的聲音充滿期待。

「八幡……」

戶塚的眼神激發我的保護欲。

「嗚！冷酷、熱情與可愛（註73）的終極抉擇……」

「好，哥哥的選擇是哪一個？」

這下子我不得不做出決斷，要是不給出一個答案，爭執只會沒完沒了。而且這個答案必須夠明確，不容許任何推諉敷衍。好吧，只能把皮繃緊，做好覺悟……

「……戶、戶塚……」

「為什麼是看人來選？」

「請回答動物名稱。」

兩位女生對這個答案很不滿意，我只好重新表態。

「兔……兔子。」

「萬歲！八幡，下次我們一起去看兔子！」

註73 Cool、Passion、Cute為遊戲「偶像大師：灰姑娘女孩」的角色屬性。

宣告勝負已定的鐘聲響起。

「比賽結束，獲勝的是戶塚哥哥！所以，哥哥的興趣是戶塚哥哥，這樣沒問題嗎？」

「唔嗯，好興趣！」

不知道為什麼，材木座點頭得很肯定。

×　×　×

比賽告一個段落，大家好不容易恢復平靜後，陽乃再提起原本的話題。

「比較正常的興趣啊，其實不是很容易想到。嗯……我認識的人當中，有的喜歡車子，有的喜歡機車……」

「可是我沒有駕照。」

「嗯，其他還有攝影、音樂等等。」

陽乃一口氣列舉好幾種興趣，由比濱捕捉到其中一個詞彙。

「音樂！聽起來好酷！」

「音樂欣賞本身即為一種興趣，妳說的應該是演奏樂器。若要說最常見的樂器，便是鋼琴跟吉他。」

雪之下這麼說，小町也加入推薦樂器演奏的行列。

「哥哥可以找個樂器演奏啊！音樂最棒了！」

「我看算了吧……倒是妳會演奏嗎？」

「小町當然會演奏！除了邊唱歌邊跳舞，連邊唱歌邊戰鬥都沒有問題（註74）！」

「咦？那是什麼嶄新的興趣……」

我是說真的，我的妹妹什麼時候變成這個樣子？

「會彈吉他的人真的很帥氣！」

小町繼續強力推薦。然而，我很清楚自己絕對不彈吉他的理由。

「不用，到了高二才開始彈吉他，感覺反而很遜。」

「會嗎……」

戶塚歪頭感到不解。

「對，只要仔細想想，便會瞭解那樣真的很遜。因為那擺明是為了把妹才開始彈吉他。」

「我不這麼覺得……」

為了改變由比濱的看法，我開始長篇大論。

「就是如此！告訴妳，根據我的調查，國高中男生開始彈吉他的理由，高達八成是為了把妹。」

「這、這麼說來，我們家好像有一把吉他……」

註74 指動畫「戰姬絕唱」的角色立花響，與比企谷小町的配音員相同。

小町恍然大悟。沒錯，想必她也見過那把吉他。

「妳說對了。那把比企谷家的吉他，是由老爸傳承給我的苦澀青春象徵。」

「不過，小町從來沒看哥哥彈過……」

她的身體微微顫抖。

「那是當然的。為了把妹才開始練習吉他的傢伙，一定會等自己彈得有模有樣，才敢帶出去秀。」

「這不正是永遠不會進步的典型……」

雪之下無奈地說。

「一點也沒錯，那種人大多會因為過不了F弦這關而大受打擊。這是我的個人經驗。」

「好、好遜……」

由比濱似乎嘀咕了什麼。不過，辦不到的事就是辦不到。

「F弦最好是按得到啦！把手拗成那樣子，根本是弗萊明左手定則（註75）。少瞧不起志在私立文科大學的人。」

完美的論證，沒有一絲破綻，我找不出任何重拾吉他的理由。

我沉浸在勝利的喜悅中，由比濱則發出呻吟。

註75 又稱「電動機定則」。將左手大拇指、食指與中指伸直並相互垂直，若以食指指示磁場由N至S的方向，中指表示電流方向，則大拇指所指的方向就是導體受力的方向。

「唔～～照你那樣子，永遠都不可能找到興趣……」

「不愧是比企谷同學。凡事都從否定的角度切入，是不可能成功的。」

「咦？是、是我的錯嗎……原來我一直找不到興趣，是自己個性的關係？」

我瞬間消沉下來，開始覺得自己是個沒用的窩囊廢。

這時，平塚老師溫柔地開導我。

「比企谷，用不著想得太悲觀，興趣這種東西是不能強求的。你最討厭的，不正是為了趕流行或跟上大家的話題，才熱衷什麼東西嗎？」

「是、是這樣沒錯……」

「要尋找興趣的話，可以先好好審視自己周圍。現在在你四周，應該有許多具刺激性的東西。」

我不禁被老師的話感動。

說不定有一天，我真的能找到那樣的東西；或許當我重新審視自己，也能掌握到什麼。

「老師……」

可惜，我感傷到一半便被陽乃打斷。

「沒錯，這個世界上到處都充滿刺激。舉例來說……小靜彈貝斯的樣子，好想再看一次啊～（瞄）」

「陽乃，不要鬧，我正講到很有哲理的地方……」

「不過，閉幕前的表演真的很棒，太精采了！」

戶塚也興奮地同意。小町聞言，失望地垂下頭。

「啊～～小町先回去了，沒有看到……」

「什麼，妳沒有留下來看嗎？雖然我自己也只看到結尾部分。」

「八幡！還有我！我也沒有看！」

「好好好，沒看就沒看，幹嘛要裝可愛……」

我隨便打發材木座，小町懊惱地呻吟：

「小町也想聽……好想聽結衣姐姐跟雪乃姐姐唱歌！」

「我也是我也是！我也想看看雪乃表現！」

陽乃跟著起鬨，雪之下立刻給她白眼。

「絕對不要。」

在雪之下之後，由比濱跟平塚老師同樣表示沒有興趣。

「雖然在台上唱得很高興，但還是覺得很不好意思。」

「而且，已經沒有機會囉。」

這時，陽乃露出調皮的笑容。

「喔，那個不用擔心。」

「咦？」

兩人聽到這句話，不禁愣住。

× × ×

靜謐的 Live House 內，迴盪著我們的腳步聲。

走在我前面的由比濱環視四周。

「後夜祭已經結束，大家都回去了。」

「嗯，感覺我們是來收拾善後的。所以，後夜祭是在這裡舉辦嗎？」

由比濱轉過頭，回答我的問題。

「對。」

「啊，舞台上的樂器都還留著。」

確實如戶塚所說，舞台上還留著準備好的樂器。

「因為我有先跟這裡的人聯絡，請他們把樂器留下來。」

晚我們幾步進來的陽乃慢慢走上舞台。跟在她後面的雪之下開口：

「姐姐，妳是做了什麼？」

「嗯？我以前常來這裡玩，所以認識一些人。」

陽乃簡單測試一下樂器，確認狀態。

「嗯，沒什麼問題。好啦，接下來是妳們表演的時間！」

她走下舞台，回到雪之下站的位置。

「都已做到這種地步，也只能上了……我要加油！」

平塚老師走上舞台，同時為自己打氣。

雪之下站在遠處，看著舞台抱怨：

「為什麼連我都要……」

陽乃對她笑說：

「哎呀，比企谷在看，讓妳緊張得不敢表演嗎？」

「這是什麼話？難道妳看過哪個男生，長得跟他一樣沒有緊張感？我怎麼可能會因為他而緊張。」

「是嗎？不過，他的確能消除別人的緊張。」

「總覺得這句話有弦外之音……」

「好啦好啦，反正妳快點過來。」

「妳不用拉我也會過去，唉……」

陽乃拉著雪之下登上舞台，跟其他人一起準備。

戶塚在底下看著，臉上難掩興奮。

「哇～好期待她們的表演！表演開始前的氣氛真的很特別……」

「是啊。現場明明很安靜，大家的心情卻越來越激動，真是不可思議。」

小町同樣充滿期待。

另外有一個人也很興奮，只不過，興奮的方向不太一樣。那就是材木座。

「唔嗯，演唱會最棒了！我超喜歡最喜歡演唱會！Love Live！來人！速速取來我的全套螢光棒跟背帶！」

「你真內行……」

「請、請問，閃劍（註76）有長度限制嗎？」

「我哪知道，去問主辦單位。」

真不想跟這個傢伙說話……我選擇遠離大家，退去後方。材木座注意到，朝我的背後問道：

「喔？八幡，你怎麼了，要上哪去？」

「不管是看電影還是看什麼，我一向都挑最後一排。」

我走到最後面，靠到牆上。

這裡真安靜，我只聽得見遙遠前方調弦、測試打鼓的聲音。這時，一陣腳步聲慢慢接近。

我看向腳步聲的方向，是由比濱。

「自閉男。」

「是妳啊。怎麼，不用先上去準備嗎？」

「嗯，因為我不用演奏樂器。說、說到這個，你說校慶表演上，沒有好好看到我們的表演……」

「嗯？是啊。」

註76 原文為「閃ブレ」，是用LED手電筒改造的螢光棒，亮度遠高於一般螢光棒。

接下來，由比濱稍微調整呼吸，緩緩開口。

「這樣啊……那麼，這次一定要好好看喔。」

「都已來到這裡，也沒有辦法裝作沒看到……我會好好看的。」

我不可能永遠裝傻下去。

反正我開始覺得，自己總算可以正眼面對。

不過，我沒有必要特別說出這句話。而且，對現在的我而言，剛才那句話已經是極限。

「嗯……我、我也……我也會好好看著你！」

由比濱支吾一會兒，努力擠出自己最率真的心情。

她說完後，逃走似地跑上舞台。

「啊，喂……說完就跑太狡猾了吧？」

儘管不知該怎麼回應她，我還是如此嘟嚷。

×　×　×

麥克風捕捉到舞台上的片段對話，透過音響傳出來。

「大家久等了！啊，小雪乃，歌詞我還是只記得一點點。」

「妳還是連日文的正確念法都不知道……」

兩人的對話跟下午時如出一轍，陽乃笑了起來。

「比濱小姐，不用擔心，雪乃會跟妳一起唱。」

「那種想法非常要不得。如果每次都幫忙，她永遠無法進步。」

雖然雪之下說得不太高興，但她到時候一定會幫忙。平塚老師也明白這一點，同樣笑道：

「有什麼關係，兩個人唱也很好。妳們可要大聲唱，讓最後一排都聽得見。」

她望向最深處的牆壁，亦即我這裡。

雪之下跟由比濱跟著看過來。

「是……」

「……好！」

雪之下回答得心不甘情不願，由比濱則精神十足。

「啊，好像準備得差不多了。」

「耶～小町等好久啦！」

戶塚跟小町發出歡呼，材木座手持螢光棒，擺動上半身。

我靠在牆邊，看著舞台。

因為我跟她說好，會好好看她們表演。

於是，舞台正式揭幕。

× × ×

慶典結束後是慶功宴，如今，慶功宴也畫下句點，一切都成為追憶。

不論是煙火還是火箭，一旦發射升空，從此不會回頭。

不過，如同煙火留在大家的腦海，火箭留在宇宙的星海，它們總會留給我們一些事物。因此，我心血來潮，挖出塵封已久的吉他，試著撥弄一下。之所以冒出這種念頭，並不是受到什麼感化，只是心血來潮而已。

我彈到一半，小町突然打開我的房門。

「哥哥，一直乒乒乓乓的吵死了！」

她大聲抗議完，立刻把門關上。我抱著吉他，愣在原處。

「要我找一個興趣的不就是妳嗎……算了，放棄……」

後記

大家好，我是渡航。

春天就快到了。說到春天，便是相遇與別離的季節，我好想跟工作地獄說再見。再見，每天只睡一小時半的生活！你好，心律不整跟健康檢查複檢！雖然經歷過痛苦的事，但我過得很好，今天依舊很有精神地挑燈夜戰！

總而言之，這是《果然我的青春戀愛喜劇搞錯了》第七集。

原本以為是他們之間沒什麼大不了的故事，實際一看，發現其中多了她們，再揉眼仔細一看，竟然是他跟她的故事……連我都聽不懂自己在說什麼！

以此為起點，故事將用這樣的感覺，開始停停走走。

以下是謝詞。

ponkan⑧神，差不多該為您思考超越「神」的稱號了！「界王神」不知如何？普通版跟特裝版的封面都太棒啦，非常謝謝您。

相樂總大人，儘管我們的作品剛好在同一季開播動畫，還是承蒙您在百忙中撰寫書腰推薦文（註77），非常謝謝您。我也要趁這機會，好好為動畫宣傳一下。《果然

註77　本集的日本書腰推薦文為：「好開心！全世界最有趣的青春小說要推出動畫版囉！請問渡航老師要演哪一個角色？」

我的青春戀愛喜劇搞錯了》動畫版，於二〇一三年四月在日本播映！請大家多多捧場！

參與廣播劇ＣＤ製作的所有同仁，我把行程排得那麼緊湊，非常對不起。多虧各位的全力協助，這張快樂的廣播劇ＣＤ才得以誕生，真的很謝謝各位。

全體配音員，感謝各位賦予角色生命，讓他們彷彿活生生地出現在我眼前。每次看各位配音時，我的心中都充滿感動，非常謝謝你們。

各位作家，我完全沒有收到酒會的邀請，這是不是代表我不能只是坐著等待？謝謝你們多方面為我顧慮。

跨媒體合作的所有相關夥伴，我老是給你們添麻煩，內心實在惶恐。在各式各樣的媒體平台看到「我搞錯了」的全新面貌，無疑是我最大的快樂。非常謝謝各位，今後也請多多指教。

最後是各位讀者。故事終於進入後半段，因為有大家的支持，我才能不斷寫下去，除了感謝，還是感謝。真的非常謝謝各位，接下來也請多多指教。

那麼，這次請容我在這裡放下筆桿。

二月某日，於千葉縣某處，在冬陽中啜飲熱呼呼的ＭＡＸ咖啡　渡航

國家圖書館出版品預行編目資料

果然我的青春戀愛喜劇搞錯了。7/ 渡航 著;涂祐庭譯
一1版.一臺北市：尖端出版，2014.2
面；公分.一(浮文字)
譯自:やはり俺の青春ラブコメはまちがっている。7
ISBN 978-957-10-5469-8(平裝)

861.57 101015957

浮文字

果然我的青春戀愛喜劇搞錯了。7

（原名：やはり俺の青春ラブコメはまちがっている。7）

著者／渡航
譯者／涂祐庭
執行長／陳君平
協理／洪琇菁
執行編輯／呂尚燁
企劃宣傳／洪國瑋
封面插畫／ponkan ⑧
內文審校／施亞蒨
榮譽發行人／黃鎮隆
國際版權／黃令歡、梁名儀
美術編輯／陳又荻
出版／城邦文化事業股份有限公司 尖端出版
台北市中山區民生東路二段一四一號十樓
電話：（〇二）二五〇〇一七六〇〇
傳真：（〇二）二五〇〇一二六八三
E-mail：7novels@mail2.spp.com.tw
發行／英屬蓋曼群島商家庭傳媒股份有限公司城邦分公司 尖端出版
台北市中山區民生東路二段一四一號十樓
電話：（〇二）二五〇〇一七六〇〇（代表號）
傳真：（〇二）二五〇〇一一九七九
中彰投以北經銷（含宜花東）／楨彥有限公司
電話：（〇二）八九一九一三三六九
傳真：（〇二）八九一四一五五二四
雲嘉經銷／智豐圖書股份有限公司 嘉義公司
電話：（〇五）二三三一三八五二
傳真：（〇五）二三三一三八六三
南部經銷／智豐圖書股份有限公司 高雄公司
電話：（〇七）三七三一〇〇七九
傳真：（〇七）三七三一〇〇八七
一代匯集／香港九龍旺角塘尾道六十四號龍駒企業大廈十樓B&D室
電話：（八五二）二七八三一八一〇二
傳真：（八五二）二七八二一一五二九
馬新經銷／城邦（馬新）出版集團Cite (M) Sdn. Bhd.
E-mail：cite@cite.com.my
法律顧問／王子文律師 元禾法律事務所
台北市羅斯福路三段三十七號十五樓
二〇一四年二月一版一刷
二〇二二年十月一版十三刷

版權所有・翻印必究
■本書若有破損、缺頁請寄回當地出版社更換■

YAHARI ORE NO SEISHUN LOVE COME WA MACHIGATTEIRU. 7
by Wataru WATARI
© 2013 Wataru WATARI
Illustrations by ponkan ⑧
All rights reserved.
Original Japanese edition published by SHOGAKUKAN.
Traditional Chinese translation rights arranged with SHOGAKUKAN through The Sakai Agency.

■日本小學館正式授權繁體中文版■

郵購注意事項：
1. 填妥劃撥單資料：帳號：50003021戶名：英屬蓋曼群島商家庭傳媒(股)公司城邦分公司。2. 通信欄內註明訂購書名與冊數。3. 劃撥金額低於500元，請加附掛號郵資50元。如劃撥日起 10～14日，仍未收到書時，請洽劃撥組。劃撥專線TEL：(03) 312-4212 ・ FAX：(03) 322-4621。E-mail：marketing@spp.com.tw